給
未來思想家的
21封信
游乾桂 著
Yumi You 圖

目錄

To
Dear youngers

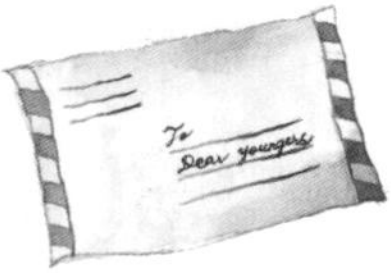

自序
做自己的人生主角

小時候躲在被窩裡閱讀武俠小說的經驗，真的難忘，大人們愈禁止，我們愈好奇，他武功高強，腰繫長劍，擁有武德，勾勒出大俠完美無瑕的印記。

武功若是硬體，武德則是軟體，缺一不可，武功高強未必會行俠仗義，只有武德少了蓋世武功，可能也救不了普羅大眾，軟硬兼施，才是相輔相成的必要。

我算幸運之人，演講收取講師費之外，兼得到一餐豐盛的佳餚，並且免費聆聽企業家開釋，意外獲得書本以外的有用法門。老闆同我聊起ＮＢＡ球隊，意有所指的點出想奪取年度總冠軍不能只靠一個「得分手」，必須各司其職，防守、助攻與籃板球同等重要，一支好的球隊至少該有三巨頭，組成鐵三角；蠻幹浪投不妥，頂多讓個人添得好看的得分數據，成為年度MVP，但對球隊毫無作用，懂得分球才是無私的好球員，方能創造最佳的得分契機，防守是關鍵，拚勁與纏功能剋敵制勝，它們是贏球的竅門。

老闆肯定是行家，深知籃球的箇中三昧，說得我五體投地。一人球隊確實打造不出豪門，詹姆斯大帝在騎士隊時，即使得分暴衝，仍無助於球隊成績，只能在季後賽徘徊，但與韋德、波什連線的熱火黃金三人組，便勇奪總冠軍了。

他的暗喻我心知肚明，偉大球員通常不只要會得分，還懂組織戰術，把散沙變身戰力十足的隊伍，否則未必是助力，更有可能是阻力。

才華也是如是，第一眼令人激賞，但若因而趾高氣昂，則會令人退避三舍的，他們很好，但不好用，看是「有」，其實「無」，老闆反而喜歡那些看來如可雕的璞玉，「空」的，但卻可以慢慢把他裝「滿」，虛與實之間在他們的眼中是一種流動，很厲害未必真優秀，不厲害未必不優秀！這席話有如暮鼓晨鐘一般，讓我獲益良多。

請別百分百相信考試，那只是某一次的成績，考好的人未必是一輩子贏家，考試與閱讀不同，分數好看的人未必喜歡閱讀，但不愛閱讀，人生有可能不甚好看；閱讀不只是閱讀，更深一層的意義是：「必要」的元素，一切的基礎，讀、說、聽衍生出生活中的思辨能力，善用中文的人，一定是用中文式思考，中文底子不佳，間接影響思考能力。

人生路太長了，現在輸了無妨，請以後贏回來，能耐這件事一時一刻是相不準的，二十歲與三十歲也許完全兩個樣，轉捩點在「動機」與「興趣」，它影響誰能走得更遠，那是關鍵所在！

「一步登天」是騙術，真實的情況是一步只有一個腳印，不急！慢工出細活，一定會有好結果的。

千萬不要忘記，求學不是求得「學歷」，而是求得「學問」，「學得很好」與「很想學習」是兩回事，百米賽跑不是頒獎給起跑最快的，而是最快衝過終點線的人。

很多事在某一個年紀可能不懂，我的二十歲與四十歲的作品，南轅北轍，天差地別；年輕時習慣化簡為繁，年長懂得化繁成簡了；「經驗」不同，對事物的看法也大不同，時間催熟了一切！

「經驗」可能來自歲數，也可能是心得，代表在某一件事情上浸淫久矣，有醍醐味了。

書本裡載錄的觀念多半只是小智，天地之間藏的才是大智，讀萬卷者真不如行萬里路，那叫「閱歷」。

旅居荷蘭的友人，初去異鄉，如坐針氈，工作時格外努力用心，主管看在眼中要求他停下來休息：「去旅行吧！」

原本以為不用回來上班了，事實上他不僅沒被革職，還得到一趟浪漫的行旅，到左岸喝咖啡，住百年旅店，飽覽鄉村風情，除了元氣十足，還帶回新的構想，電力飽滿返回公司，成為有效率的工作者，不再只是孜孜不息。

經驗與閱歷缺一不可，混合凝固，結合起來叫做「智慧」。

專長、專業、實力、能耐等等硬實力重要，合作、謙虛、努力、熱情、樂在其中等等態度集合起來的軟實力也同等重要，處事義理如同太極拳，表面上陰柔，卻巨力萬鈞，是重要法門。

人生還有一項東西被遺忘，但很重要，它叫「意義」，美國老布希總統說過一句名言，「一個人要為國家服務過，人生才有意義」。

一九九二年，離開錢坑華爾街的魯賓（Rubin）到了柯林頓政府當財政部長，每年損失的薪資高達一百萬美元，但他八年任內政績輝煌，非常風光地離開華府。

他損失了錢卻換得了意義人生，輕重之間端賴個人如何想？

人生這張地圖的確非常私人，只有名字叫作「自己」的人才能恣意揮灑，

「演活它」是唯一的責任，「努力」則是配方。

書裡藏著的種籽應該不止上述這些，有些被我埋在一個隱祕的地方，請你自己去找，給人生一個美好答案！

我頂多算是「引言人」，只懂得遙指陽光的方向，你是「執行者」，只有你自己樂心的「做」，才有可能彩繪這張美好地圖。

這本書感謝「畫龍點睛」的兩個人，游蕓如小姐的畫讓文字增色不少，更有魅力。吳驥先生的參與讓插畫添了哲思，謝謝他們！

游乾桂 寫於閒閒居

第 1 封信

愛

人品高過才智

愛是什麼？

我猜它是不可思議的化妝師，有魔法，可以讓五流的人變成三流，三流者變成二流，二流進階到了一流。

單純從醫學院畢業，考上證照，再經過多年歷練頂多是名醫，但有了愛，懂得視病猶親，擁有醫德，懸壺濟世，則是一名出色的仁醫了。

有一天成了院長，會因為歲月的淘洗了解人都會老，需要特別的照料，體貼成了他的醫療新元素，可能會替老人家設想一條快速有效的醫療通道，專有門診，並且讓他們快速領藥回家休息，這樣的醫生絕非醫療者而已，應該就是「華佗再世」了。

科學家有兩種面貌，我眼中優秀的科學家，必須藏有人文，研究才不會侷限於得獎，忽視人文價值；根據基因學的報導，複製人已達可以實現的地步，接下來呢？會不會滿街獅身人面獸，科技如果沒有良知管控，其實是很可怕的，生化人，機器人，半獸人，仿真機器人等等皆有可能堂而皇之的出現，到時候便不是人類的福氣而是災難了。

化工專家的精湛學問被誤用在偏差的食物改良，食安問題亮起大紅燈，人人自危，這是以往想像不來的，保鮮期無限加長，麵條Q彈有勁，讓食用油變成合成油，雞肉非雞，豬肉是混的，難保哪一天食物全數不是食物，化工原料行全可以買得著，回家自行調配即可。

小人物之愛

我識得多年的賣海鮮者，形容自己是「把關者」，只要從攤子裡賣出去的現撈海鮮都必須經過良心這一關，他把客人當成兄弟姐妹，這樣的攤位才是可靠的，「食」在安心；「幸福號」是一位計程車司機替自家小黃取的名號，健談的他送我到高鐵站途中一路上叨叨絮絮，話語不斷，他說有位同行轉行，專送病死雞，他要我以後到夜市少買雞製品為妙，車在高鐵旁停了下來，付完錢，他又慎重的重複一句：「真的，別去！」

這位司機心中一定有愛，更像「運轉手達人」，我留下他的名片，說好有機會一定再搭他的車子聽聽他說的幸福。

如果少了愛，生活裡真的有太多東西值得操心的，因為全寫著「黑心」兩個字，牛肉、牛排、醬油、醋、辣椒等等全得讓人吃下肚子，少了愛，這些食材怎會讓人吃得安心？

愛有人教最好！

我幸運得到真傳，鮮明難忘的印記了一顆利人的「愛」心！

聖賢書他可沒讀過幾天，一個大字也識不得的他，卻受村人愛戴，連任溫泉小鎮裡的村長多回，被信任的原因可能不是學識，而是體貼。

村子裡的人學歷確實不高，讀到國中沒幾個，但比父親有才華的人依舊比比皆是，不過像他一樣樂於助人者就不多了。

村廟的捐款排行榜上他長年盤踞第一，被寫在牆上最醒目的位置，家中經濟並非寬裕，但從口袋裡掏出來助人的那筆錢卻又那般易如反掌，宜蘭常是颱風的重災區，稍稍偏移方位，風雨便由蘭陽溪口灌了進來，大水漫淹，路崩橋斷，農作物流失，需要一大筆錢修復，常常是他，毫無懸念的捐款造路，媽媽確實大有意見，但也莫可奈何，任他恣意為善。

我家離第一公墓很近，被大人們形容得鬼影幢幢，太晚回家會心驚驚，村子裡的人用鬼火哄唬小孩，鬧鬼的事我們都信以為真，我家天井有鬼火這件事，我從來沒有懷疑過，後來探知家裡的鬼火其實是父親的頭燈，趁老媽熟睡之際，爬起來偷捉兩隻雞要給鄰家沒有子女的一對八旬老夫妻進補的。

有一回，人贓俱獲，他卻大笑詭辯：「我認他們當乾父母了，這樣做哪兒不對？」

雜貨店是我家維持生計的重要收入，但被父親經營成別人眼中的「幸福」小店，身無分文彷彿可以憑著「取貨卡」入內兌換鹽一斤，油半兩，紹興兩瓶等等，「欠一下」是通關祕語，可以立刻帶走生活急需，言明二天就還的鄰居常常一欠便是一整年，除夕夜前一個月，開始按圖索驥回收，最後一刻仍有一些還不清債的，他便一把火燒了，彷彿沒來沒去沒什麼事。

「再賺就有！」

這個口頭禪有如佛禪的「心燈語錄」鑲嵌我心，我知道這是不易的，沒有一顆真實有味的愛心，誰也做不出來。

「愛」在他眼中可能如同莎士比亞的想法：「黑夜中有中午的陽光了。」他關心人，相信那是有福分的事。

萌芽的種籽

父親的影響多年後起了大作用，愛的種籽萌芽了；我的「收藏櫃」中有一堆數量龐大的藏書章，便含藏一段有味的愛的故事。大約二十年前，報紙登載一對肢障夫妻的兒子被流浪狗咬傷，引發敗血症，孩子最後不幸截肢，我佛心大發發起捐款，籌措了二十多萬元，畫押轉贈，他收款後感激落淚。

他善金石，租了一處小地方刻印維持家計，我收藏的雅石方章正巧派得上用場，我提供雅文，他替我雕刻，按件計酬，明眼人一看便知，刻印是假，愛是真的。

日常生活中有很多助人的小故事賣力傳愛，一本書，或者一部電影，請讓它進駐你的心海裡；林美秀主演的電影《白天的星星》就有這種效益，故事裡的她因為情變來到星光部落，開了一家雜貨店，意外開啟了一段不平凡的人生篇章，小雜貨店最有人情味的東西是「愛」，有它所以慢慢成了小朋友放學後的天堂。

免姨最常做的一件事就是「免啦」，沒錢的免錢，給孩子準備的便當免錢，再加顆蛋，還是免錢！

阿免姨成了山林中的暖暖包。

《聖經》上這樣定義引述愛：「愛是恆久忍耐，又有恩慈；愛是不嫉妒；愛是不自誇，不張狂，不做害羞的事，不求自己的益處，不輕易發怒，不計算人的惡，不喜歡不義，只喜歡真理；凡事包容，凡事相信，凡事盼望，凡事忍耐。愛是永不止息。」

付出與寬恕

愛不是什麼迷人的才智，但卻是令人動容的人品，而且有分身！

「給予」是分身之一，但真的很難做，但願意給予的人便懂得付出，而它很可能一併帶來一顆感恩的心，二〇一四年美國職籃的年度ＭＶＰ杜蘭特的一席致詞感言，讓所有人聽得眼眶泛紅，起立鼓掌，他說真正的ＭＶＰ是十八歲懷孕，二十一之前生了兩個孩子，之後成為單親媽媽的母親，他和哥哥被拉拔長大，一路風霜，經常三餐不繼，但他們一定有飯吃，媽媽卻挨餓到天明，他說這些事他全知道，而且感激在心，手上的獎是她的，天啊，這畫面簡直是催淚彈，把我催得淚滿腮，好樣的，這種親情倫理的愛，可比成就重要得多，杜蘭特的偉大我得重新評估了，可能不是球技，而是人品，我改變心意成為他的粉絲了。

「寬恕」是分身之二，更難，但放得下，心更寬，那是大愛；伊斯蘭教的教義之中有「以牙還牙」的字眼，被害者可以選擇自己的方式報復加害者，行絞刑時，可以決定踢掉墊腳板絞殺他，也可以狠狠揍他一頓，或者原諒，新聞報導一位兒子受凶手殘害致死，七年來一直走不出陰影的媽媽，最後選擇寬恕，打犯案人幾個耳光，慈悲放下，她寬恕了加害者，其實也一併善待了自己。

仇恨盤據不易走出陰影，原諒別人，無疑也給自己建構了一條新橋。

專業與愛心哪個重要？企業家直言，專業是一部速度卓越的好車，但愛心是續航力，長遠來看，他們更喜歡以下這些類型的孩子：

車禍現場，幾位大學生圍成了一個守護隊形的大圈圈，隔離動彈不得的傷者與急速行駛的車子，以免受害人不小心被二次輾過，一直到救護車抵達，警車到來為止。

一群高中生發現蹲坐在公車椅子上的老爺爺有「難」，忍不住拉屎了，他們鼓起勇氣，不畏薰鼻的臭味，與路人投來的異樣眼光，蹲下來幫爺爺清理，並且集資叫計程車安然護送他安全到溫暖的家。

體型瘦小且年邁的老婦人，弓著身，吃力推著裝滿資源回收的板車，行進在川流不息的車陣之中，偶爾晃動，撿拾的舊報紙被震盪掉落，瓶瓶罐罐逃命似的散落，婆婆一臉無奈，彎腰去撿，兩名路過的高中生馬上彎腰幫忙，替她紮實綁好，一路護送，三人同行，緩步慢走超過三公里，成了公路上的美麗風景。

學生的導師非常驕傲的告訴記者：「他們是我學生，這樣的行為比考試滿分還重要！」

的確如是，作家塞內卡這樣提醒我們的：「金錢與財富並無法顯現一個人的價值，但美德可以。」

私房話

生活中最大的幸福是，有愛。

——雨果

第2封信

熱情

無怨無悔的動能

什麼是熱情？

英文字的「enthusiasm」來自古老的希臘字：「神」（theos）與「內心」（entos）結合，代表「內心的神靈」，一種生命信仰。

熱情可以激發正面思考，遭遇困境時，不會選擇轉頭逃避或怨天尤人，反而像個勇士般，正面以對。

相信熱情這種價值的人，會是個積極的人，不易隨著環境妥協，當別人困在工作、抱怨時，他能轉身用另外一種角度看待人生。

熱情可能不是與生俱來，但卻是重要資產，可使人由B咖變身A咖。

我聽過這樣的故事：電梯打開出來一個人，她禮貌性與進來的人打招呼，未料到那位先生打量她一眼後遞出一張名片，對她說：「你若願意，可以來我公司工作。」

這個人是一家大公司的老闆，工作環境優雅，但她依舊有禮貌的回答：「至少要等到公司有人可以接我的位置才行。」

這話令老闆更篤定：「好，我們等你。」最後她的確去了那家公司，有一天她與老闆談及這件事時，問他當時為什麼會那麼快下決定，老闆說：「因為你具備了我認為最重要的處事兩元素：熱情和忠誠。」

熱情且忠誠的人，老闆是要定了。

俄國作家拉羅什夫科說過這樣的名言：「熱情常使最機靈的人變成瘋子，同時也可使最愚蠢的人變得聰明起來。」

他相信少了熱情的人，大約就如同汽車沒有油一樣，交通工具馬上變成櫥窗裡的商品而已。

熱情無所不在

以下有幾則我所遇見的熱情小故事，你也來聽聽看，是否可以從中轉化出一些哲思：

馬六甲古城是一四〇二年由拜里米蘇拉蘇丹創建的一個王國，遺留下來的一座都城所在地，前方是馬六甲海峽，擺置了一艘仿古的鄭和艦隊，我每回到馬來西亞演講，就是喜歡來到這座透露出十五世紀古老氛圍的古城中憑弔，因而認識一位作畫的街頭藝人。他隱身二樓城牆的一個角落，光裸上身，在如織的旅人中專注作畫，等待有緣人。

他的畫風極為特別，遠景是海，前方卻橫亙著一座竹製的圍籬欄柵，卻彷彿又掙脫不開桎梏，第一回我被風格吸引好奇蹲了下來欣賞他的畫。

「特別！」

我忍不住驚嘆。

「喜歡就送你！」

他好像遇到難得相逢的知音一般，把我端詳許久的兩幅畫用報紙包了起來，放進我的小提袋，我哪好意思免費取走依畫維生的人的薪水，我知道街頭藝人的辛苦，賣了才有錢，我當下決定用買的，而他也不再忸怩，便以七折成交。

於是我與他攀談起來，才知原來他是當地美術學院的副教授，但後來辭職成了街頭藝人，關於這一點滿好奇的。

他說：「就是不合適！」

他覺得自己不合適當傳藝的教授，勉強而為，不會是好老師，而且會誤人子弟，他合適自由自在的過著閒雲野鶴生活，賣多少是多少，辛苦但快樂。

不合適的工作，在他看來「缺乏熱情」，像一棵木頭，無意義的活著，合適的工作，熱情可以掩飾其中的辛苦。

他說教授可以賺到了錢，但街頭藝人卻能賺著開心。

興趣比什麼都重要，有了它才能活得像人，無趣的事會給人帶來痛苦萬分，只像一部機器，他帶著笑訴說自己的故事，語意中滿是哲學，的確如是，滿臉愁容執著教鞭，在美術學院裡教授專業的美學原理，朝九出門晚五回家，腦中裝的只有金錢，怎有快樂可言。

他在古城中裸上身作畫大約有二十年了，得的比失去的多，他不有錢但很富有，銀兩不多但朋友很多，得空時便慵懶的躺在古城的陰涼處睡睡午睡，沒有人干擾，他想賣就賣，累了，收攤就可以回家。

不當教授，他說，怎麼穿都行，也是一種幸福。

最後我好奇的問，支撐他樂此不疲當街頭藝人的動力是什麼?他毫不猶豫的告訴我：「熱情」。

熱情才有續航力

世界上沒有兩把一模一樣的手工提琴，從木頭的選用開始，底板的弧度、琴頭的螺旋、鑲線的刀法等等全都不會相同的，製琴本身便是孤獨的行業，一作三十年，需要熱情，焦中興就是這樣一位製作提琴的師傅，音樂科班出身的他，學的是聲樂，因緣際會因為受傷而轉攻提琴製作，模仿十八世紀的提琴之父史特拉底瓦里的製法，賦予提琴不凡的藝術生命，為了達到最好的品質，每年只製作六把琴。

他用「熱情」製作出來不凡的小提琴價值。

南投著名的紙教堂是日本的著名建築師坂茂的傑作，這位人道主義者，一九九四年盧安達大屠殺之後，數百萬人流離失所，便開始紙住宅的開發，作用是撫慰人心，九二一大地震之後拆解重組送給埔里，便是後來吸引很多遊客觀光的紙教堂了。

坂茂的作品最被人津津樂道的是隨手可得的生活建材，如紙、竹子、織物、再生紙等等，他的信念是「不浪費」，但這些非建材的建材，則必須比他人多幾分心力去實驗、研發，難度加倍，他從古代的木建築與編織帽中發想出靈感，真正讓他可以堅持走下去的動能，則是熱情了。

著名的書法家王羲之無與倫比的成就，依靠的不是「天分」，為了練好書法，他在書房、院子、大門旁、甚至廁所外面，各放一張凳子，紙、筆、硯、墨俱全，無論到哪裡都能馬上寫字，這種練習書法的方式已到了廢寢忘食的地步。

他常在水池旁練習書法，寫完就在水池裡洗硯，最後把整池水都寫黑了，後來被稱為「墨池」，他對書法有著超乎常人的熱情，寫出自己的風格，成就「飄若游雲，矯若驚龍」的書法美譽。

法國波爾多區最頂級的五大酒莊，為了釀製最好喝的葡萄酒，可以連續十年把所有葡萄藤砍光，要成為「老藤」，則要連續砍上二十年，只為讓根部抓深土壤，長出

1994
July
VIOLIN
MASTER
2004
July
VIOLIN
MASTER
2014
July

最香甜的葡萄，有人稱這為「葡萄的熱情」。

宇文左安是個道地的老外，他在偶遇一本英譯中國詩集《白駒》後，即迅速醉在漢學的世界。他對詩歌的感悟是天才的，能在龐大的歷史中洞察表象內的結構，一舉攻城拔寨，一鳴驚人。

這位唐詩世界裡的「異鄉人」靠的便是為學者的熱情，他以《孟郊和韓愈的詩》（一九七五）及在當年頗具新意的斷代詩史《初唐詩》（一九七七）、《盛唐詩》（一九八〇），三十歲不到就贏得美國漢學家的位置。

三十多年後，依舊創作不墜，早是個中翹楚與領軍人物了，他說持續這條路的動能就是他對華人文化的熱情。

羅素克洛不算是天才型的演員，但他說：「我一直都在做我喜歡的事。」美國奇異公司的CEO傑克華倫更誇張的宣言：「我不是喜歡工作，而是熱愛它！」

熱情的的確確是人生之中相當重要的元素，沒有人可以保證一件事要做多久，成功是否在前方，是不是只差一里路，如果中途喊停，一項做了十五年，天天耗費十小時的事是否就前功盡棄了，但早疲憊不堪了，如何是好，「熱情」便是力量，它能讓失去的動力再度充得飽飽的回來。

熱情至少有八成來自喜歡且有興趣的工作，人不可能什麼都會，也不會什麼都不會，喜歡的事學起來簡單，不喜歡的事即使會了也不會精巧；如果缺乏熱情，人生便很容易半途而廢了。

請相信，熱情是魔法師！它能使一個平凡無奇、甚至被社會低估的人，綻放最耀眼的光芒！

私房話

不怕吃苦、謙虛與熱情三個要素，大約就是人生的全部了。

——巴伏洛夫

第3封信
態度

離成功最近的一條路

知識如果是劍，態度便是使劍的方法，單單擁有那把稀世珍寶，鋒利無比，斷鐵如泥的魚腸劍是不成的，它頂多是寶劍，還得懂得俐落的使出迷人的流星劍法，流暢接招，請相信好的態度就如同一位很會使劍的俠客，它的價值遠勝過財富的。

好的態度是？

執著、尊重、誠信、認真、細心、專注與用心等等全都是好態度，它是用來形塑人品的方法，有了它，知識便能有所加分。

嚴長壽先生是我非常欣賞的一個人，他在演講時說過一則關於美國福特總統來訪時的小故事，那是福特先生的第二次訪華，接待任務落在他的旅店，中午用餐選在另一家五星級飯店，餐畢福特先生跟夫人說：「如果現在能夠有一客Haagen-Daze冰淇淋，那就太滿足了。」

說畢他們便驅車返回嚴長壽管理的飯店，中間只有幾分鐘的車程，他立刻打電話要求飯店的工作同仁買好它並且在福特先生進房門的前一刻送進去擺在桌上，福特先生非常驚訝，說他是會預知的「魔法師」。

事實上，他只是比別人多用一點心而已，類似福特先生這類客人的「無心之語」，很多人都聽得見，但很少人會去實踐。

慢的哲學

葉聖陶先生是我很喜歡的教育家，為文善說故事且娓娓道來，卻藏了義理，輕鬆之中得了開釋，在文集中寫及一張書桌的故事，我印記極深。

作家吳爾芙說，每個人都應該擁有一間書房，葉聖陶比較務實，他覺得文人都該有一張書桌，而且不惜重金找人製作，他早聽聞隔壁村子裡有一位老師傅的手藝精湛，他與之相談甚歡後訂製一張，但未言明何時交貨？只說好了之後會請徒兒專程告訴他，就這樣個把月晃悠過去了，一個影子也沒有，他便到老木匠家問上一回，師傅臉色為難：「上好的木頭才剛找著，但還是生的，要再熟點才能做。」

葉聖陶似懂非懂，但至少「起工」了，也就稍稍放心，可是這木頭也真是熟得太慢了，他好幾回專程登門催促，都只得到快好了的答案。

「慢慢來才會有好貨！」

他原本當它是搪塞之詞，但半年後交貨了，他在文章中這樣形容第一眼看見書桌的感覺：「黃濁的眼睛放射出些誇耀的光芒，彷彿文人朗誦自己得意的作品。」

這張書桌一直陪他寫作多年，膾炙人口的作品在此產生，南遷北逃一定帶著，但仍躲不過抗戰時的敵人炮火，後來陸續又做過幾張書桌便都不太滿意了，他歸結感想：好作品一定來自「一心求好的態度」。

周俊三的橫移跳投很有特色，出奇準確，這是個兒不高的他，在長人如林的籃球場上不得不有的祕法，否則難逃火鍋，退休後他改任教練，把球場上的拚勁，認真的態度，改成鐵腕治軍，他說那是「對球的尊重」。

他想教孩子的不止是勝負與球技，還有態度。

有一回，他領軍瓊斯盃光華國家隊其中一場慘敗給菲律賓，記者會上帶來四名球員罰站謝罪，不是因為輸球，而是「練球遲到」。

「要做對的事」與「現在不教，以後可能就無法教了」。

餘音繞樑的話裡有話，意思是：態度如果不教好，以後做什麼事都鐵定會失敗。

著名女星章子怡的緋聞多過她的影劇新聞，這未必是她個人的問題，多半是好事記者的傑作，狗仔隊的八卦，但導演王家衛則說她是個工作態度非常認真的人，拍電影《一代宗師》時，她演俠女宮二，為了傳神演出，勤奮苦練三年戲中的「形意八卦拳」，據說力度十足。

好演員未必都是戲精，天才洋溢，但確定一定都是很認真的，這種態度缺一分便不可。

誠信是處方

試喝是賣茶者的慣例，但有家茶行堅持不准，憑什麼？老闆說：「誠信！」試喝的事由他代勞，上山問茶，盡心替客人找出用心製作的好茶農，買了回來，再交到消費者手上，一貫作業，童叟無欺，因而結許多同好老友。

「誠信」兩字是他店裡最醒目的招牌，傳了幾代，百年歷史了，一度遭竊，讓年

Attitude

邁的老闆焦心不已。

他自覺愧對祖先，仍含恨而終，常來買茶的一位忘年之交，被故事感動，私下認真尋找匾額，茶行老闆的子女問他價錢，他一口回絕：「這是我從你父親身上學到的誠信，他也沒收我錢咧。」

這真是一則動人的佳話！

台北北門附近有一間尋常小店，據說東坡肉與豬腳飯入口即化；老闆受訪時兩句話我聽得有味，好吃的理由其實很簡單：「該怎麼做就怎麼做」，「料好實在，不可以有偷吃步」。

「客人一定比主人龜毛，所以要比客人龜毛，才會好吃。」

堅持做好！難怪門庭若市。

老婆婆年輕時一定非常精明幹練，年逾八十了，還很會招呼客人，熱心幫我介紹各式蔬果，不時回頭問女兒，這多少錢？

客人熟悉這一幕，微笑告之：「牌子有寫，大家都有看見。」

她輕輕哦了一聲，笑開了。

結帳時，她很賣力計算，問我對不對？

菜價一百三十元，我付二百元，她找我二十元，女兒看見了，輕聲的跟她講七十元才對。

原來婆婆有失智症，女兒帶她在身旁照應，順道讓她動腦算數學。

這是孝心，也是同理心，被轉化成做生意的態度，它給我最美的風景。

態度可能不是說說就會，需要慢慢烘焙，不止要知道，而且得理解，最後實踐。

書房裡最近躺了一本老版本的《成語故事》，它是我閒晃跳蚤市場時購得的，只花十元，偶爾取出來翻讀，意外掉出一紙泛黃的書籤，鐵定有年歲了，淡淡雅雅的設計，印上兩行字：「萬事都有投機之法，唯讀書無取巧之門。」

說得真好！人生是一步一腳印慢慢堆疊而成的，沒有一步登上天的投機巧門。

小木屋是由木頭建成的，但一堆木頭不是小木屋，兩者大異其趣，少了態度這個軟實力，我猜想：這樣的人大約只會是一堆木頭，不是小木屋吧。

人生很長，分數名校未必附贈續航力，但態度應該是有的。

私房話

天底下最靠得住的態度，它叫勤奮。

第4封信

本事

手中的魔法杖

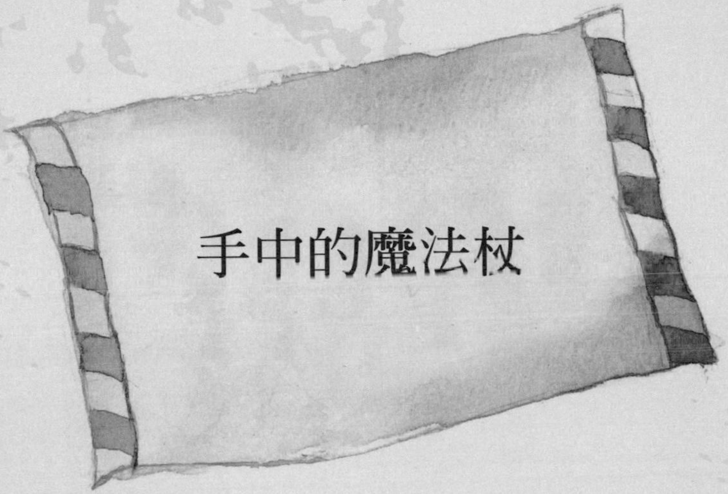

「唯一或者之一」的差異，每個人都該辨明！

即使從人人稱羨的一流學府畢業，也不過當年所有畢業生之一，稱不上唯一，由字面上解，唯一的意思是「只有一個」，或者「最特別的」。

之一，沒什麼稀罕之處，就是其中的一個而已。「非你不可」大概就是唯一了，有你與沒你毫無差異就是之一，這是我的界定，讀書考試離開學校，所花的時間不多，頂多是之一，但要達到唯一的等級，通常需要一生的鑽研。

有本事未必有學歷，但卻「不可取代」，德國非常重視工藝制度的傳襲，最好的工匠被稱作一級工藝師，沒有這種層級的人，是不准修繕老房子或者百年古堡的，具備這樣工藝的人，通常不是自己去找事來做，而是事情自動上門，有本事的多半只有篩選與拒絕的份兒，因為事情太多卻做不了那麼多。

《商業周刊》報導一位專鋪地板的師傅，由於手藝精湛，號稱十年不變形，對自己很有信心，口耳相傳之下，工作早應接不暇，如果想讓他鋪設地板，可能得等上三年。

書法課如今早非讀書學習的必要，但我們那個年代，可是一堂重要的課，人人得學，墨條便是夥伴之一，書包裡非有不可，上課時磨一磨便能散發出麝香與松煙的濃郁味道，很難忘記，但後來便被化學墨條取代了，手工製作的高級松煙墨愈來愈少。

而今碩果僅存的應該沒有幾人，陳嘉德大師是其中一位，堅持用手揉出品質極佳的墨條，算是國寶級的人物了。

好演員要會說、學、逗、唱，好的手工墨條則要敲、槌、揉、捏，這個形容真是貼切，他說別小看一塊墨，處處細節皆功夫。如今這些漆黑光亮的墨條早非墨條了，更像烏金，進階到收藏品等級，售價約八百元到三千元不等，限量版的則有八萬元的身價，日本人跨海採購指定要他的「簽名版」，顯見他的作品有多珍貴。

有本事就有天空

吳淡如的節目《女人要有錢》，收視率極佳，吸引一群死忠粉絲，節目裡的鑑定價格只是其一，知性才是價值，請來鑑定者非大師不可，尤其是曾肅良教授，書墨、陶瓷，無一不通，悠遊在秦漢唐宋元明清之間，必須言之有理，從用料、釉色、胎紋、器皿、文化等等不同向度研判，這是本事。

每項工作都得有本事，真功夫的確有難度，你可能是導演，但未必是出色的導演，好的電影是會說話的，藏著動人的哲學令人了悟；舞蹈家與出色舞者也有所不同，好的舞作不只是舞，而是人生哲理，讓人看見朝露與繁華落盡；能煮一桌佳餚宴客不難，但要是米其林的星級名廚就有難度了，據說佳餚好吃到令人垂涎欲滴是「一星」，一定要繞道去吃的則是「二星」，專程搭飛機也要去吃則是「三星」了。

「真本事」真難，如果願意付出一甲子或者一生就未必難了，它在行家眼中是有竅門的。

《寫給女兒的十二封信》（遠流出版）我閱讀不下三遍了，仍在我臥房伸手可及之處，隨時再讀幾段，它是投資大師羅傑斯寫給女兒的「人生珠璣」，這位被公認為攻無不克的投資高手，靠的不是天分，而是三個訣竅：盡可能找著所要的資料，努力讀完它，並且弄懂，這些是他擁有真本事的關鍵，看似簡單，卻不容易。

宋朝大儒蘇東坡下筆如行雲流水，友人問他如何辦到的？關鍵在一個「慢」字，慢工出了細活，讀得慢，咀嚼深，活化文字的美好內裡；詩聖杜甫被形容下筆如有神助的道理，原來是「讀破萬卷書」。

有人問科比，籃球打得出神入化的理由，他的答案是「苦練、苦練、苦練」，聽來是毫無妥協的，就是比別人練得更勤奮；姚明一度被認定是不合適ＮＢＡ的，但他十年生涯，硬是打出代表作，場均十九點二分，成績亮眼，專家們跌破眼鏡，戲謔嘲諷他的惡漢巴克利還因而去親了驢子的屁股，球評發現他的魔法：比隊友早一小時練球，晚一小時離開球場。

ＩＣ霸主張忠謀被問到如何保持成果時，回答：「拚命做」，他相信任何事都得鞭策自己，不要只在台灣這個層級上沾沾自喜，必須走出框框，成為國際級的，這樣的天空更大，機會更大。

一樣精不要樣樣精

本事並非是這些名人的專業，更多小人物，我在馬來西亞講座期間買了一只古意十足的times名錶，走走停停實在惱人，修錶人一眼辨認出它是「英國名錶」，面帶微笑意有所指的說，那是英國人的失誤設計，採用的是一根直筒式撞針撞擊移動齒輪，但久了會磨損，便不準或不走了。

「哇，一眼就看出端倪！」

「這就是專業！」老闆毫不掩飾，送我一句口訣：「錶要瑞士，鐘要德國。」

理由還是：專業。

我到一家有名的小店用膳，老闆很親切，菜色很有風味，我不吝惜告訴老闆：「真是好吃。」

「我只會這點小把戲，再做不好，就沒有客人上門了。」

主人自謙，卻引動了我不少啟思，「全力以赴」是一句多麼淺顯俗套的話語，但卻很少人做到，做不到的卻常埋怨，如果能像小吃店的老闆一樣守本分，把該做的事情做到最好，擁有「立足之地」並不難。

牛肉麵店門庭若市絕非憑空得來的，牛肉是特選的，湯頭有祕訣，願意花時間熬

出美味，「做到最好」並不容易，但確實是竅門。

give與take同時存在，給多少方可取回多少是一門學問，天下沒有白吃的午餐，付出與獲得是一筆生意，如果想贏，只有更努力了。

興趣很重要，它是人生的陽光大道，做自己喜歡的事，可達到事半功倍的效果，不喜歡的工作，至多事倍功半，不止辛苦，而且痛苦。

事半功倍具備了工作效率，別人工作八小時或者更多，有本事者只要四小時就可以完成，省下來的時間，可以做很多事了，甚至偷偷閒，別人仍在加班，有本事者已經在啜飲一杯下午茶了。

人生本來就該由你自己決定，不該別人說了算，但想擁有自由進出的曼妙舞台，責無旁貸的必須先備好一切道具，「工欲善其事，必先利其器」，它不是一句勉勵人的格言，而是真理。

決定權在手上，誰都幫不上忙，專精的「一技之長」是必要的，但未必快速達到顛峰，快慢之間藏了學問，很快到了終點，卻難以欣賞路上的風景，慢慢來處處有藍天。

知識的得取不是說有就有，它像磨米做粿，磨成米汁，還得費時壓水，炊蒸之後方可成粿，這些歷程一點少不得。

英國有句俗諺：「一技在身，隨處安身；習百藝者，無處容身。」意思是指，本事這件事不必多，一就足夠，但要專，專精的本事會是魔法杖，人生的通行證。

亨里・齊爾斯說：「工作這件事，就如同日升日落的太陽一樣實在；我們可能會抱怨工作，也可能很感激；但千萬記住不要只像一部管用的機器隨著齒輪轉動而已，忘了自己是人，得有風花雪月的溫潤。」

人生有如機器一樣不停工作，可能一事無成，淪為埋怨者，想有餘裕的時間登高望遠，要有本事；你是決定的人。

私房話

有能力的人決定工作，缺乏能力的人被工作決定。

第5封信

閱讀

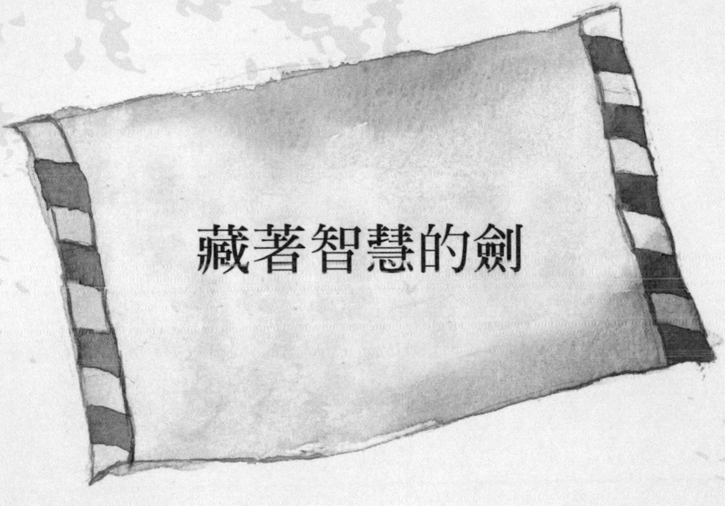

日本管理大師大前研一在大作《低智商社會》提及，沒有閱讀習慣的國家，很難發達！關於這一點我深有同感，如是重要的關鍵，研究卻發現，出了校門，流連書店買過書的人，比率大約只有區區的百分之七，還有百分之九十三的人壓根兒很少逛書店，據此而言，我們離發達中的國家是否還有一段遙遠的距離；單單讀書還不成，知識還得去蕪存菁，汰舊更新，一本書往往只能得到其中的一句話，彷彿一堆細沙經由淘洗才會有黃澄澄的金子。

我與大前研一的想法雷同，而且找著了證據。

李安的電影之所以特別，主因便是閱讀，拍攝題材取自小說，少了閱讀便不可得，他的電影因而藏了義理與哲思，影評人說他是「有厚度的導演」。

林懷民老師讀《楚辭》，理解《九歌》十三篇，編出舞作《九歌》，《狂草》、《竹舞》、《行草》等等則是禪宗所賜，《水月》則源於《金剛經》，閱讀是實力的助航器，經由時間加持化身成為有「深度」與「高度」的作品。

演員想成為好演員是萬里路，也可能只是一步之遙，楊紫瓊是演員，想演好《以愛之名：翁山蘇姬》裡這位剛毅的緬甸領袖，她大量閱讀相關資料，並且吸收消化誇言：「她會的，我都要會。」

甄子丹為了演好《葉問》，勤練詠春拳，並閱讀導演提供的傳記資料，後來拍《錦衣衛》與《十月圍城》，同樣是靠閱讀來揣摩戲中角色，他在《讀者文摘》的一篇訪談稿中如此說：「以前我是演員，但有了閱讀之後則是表演家了。」

音樂家陳冠宇是用這樣的想法詮釋他對音樂的理解：

作曲家是曲子的作家，鋼琴家則是曲子的傳媒，演奏者必須懂得作曲家當時的心思、寫作的情感與情緒，演奏出來的音樂才會到位。

「如何到位？」

答案是「閱讀」！

他說，鋼琴家必須先清楚貝多芬寫作某首曲子的心情，這麼一來，閱讀《貝多芬傳》便是一種必要；同樣道理，欲彈好李斯特的曲子，就該讀《李斯特傳》或者其他相關的資料了，用心彈奏出來的就不止是琴鍵的躍動，而是黑白之間的故事了。

搭一座知識寶庫

我很幸運遇上從北大畢業流離到宜蘭的好校長，他常在朝會後致詞，簡潔有力的將經典名句一點一滴植入，我心動抄出一本「校長語錄」，成了我日後寫作的參考資料，校長好說故事，很會比喻，有一回，他帶了一只麻布袋與書上了講台，鬆開手，布袋輕飄飄落地，再不動聲色拾了起來，俐落的把書裝進去，再鬆開布袋，「碰、碰」，這回落地的聲音清亮，嚇醒打瞌睡的同學，他幽默問道：「差別在哪裡？」下講台前他開釋：「前者無貨，後者有貨！」

「有貨的人！」這是我對自己許下的允諾。

記憶力真的不可靠，高峰期大約是三十歲，之後緩速走下坡，早年讀的字字珠璣根本撐不了一輩子，不再續讀等同讓知識「坐吃山空」，沒有更新的知識，根本不能用。

作家吳爾芙主張每個人都該有一間書房，買一些好書，搭建自己的知識金字塔，少了它，巧婦難為無米之炊！

但讀書未必管用，還得會使用才行，出色的文人一般都是博覽家，深且廣，天文地理，無所不讀；魯迅便是其中翹楚，連《釋草小記》、《釋蟲小記》、《南方草木》、《廣群芳譜》、《毛詩草木鳥獸蟲疏》、《花鏡》這些談論花草蟲獸的古書也不放過。

他在《讀書雜談》一文中指出：「……即使和專業毫不相干的，也要泛覽。……如此一來，對於別人，別事，才可以有更深的了解。」

閱讀與逛書店是息息相關的，著名的茉莉二手書店的老闆曾經問我：「第一次進到舊書店大約幾年級？」

其實印記模糊，可能國一吧。

他哈哈大笑，說早猜到了！

根據經驗，他所熟識且有料的名人之中，多數愛逛書店，而且很早與書結緣的，他稱這些人為「知識掘寶人」，因為愛書所以不知不覺在人生裡自動加裝了超級馬

力，這是玩笑話，卻又很真。

經典與主題式閱讀

閱讀常有兩種迷思，該讀什麼與沒時間？

「沒時間」這三個字基本上是藉口，只要稍稍離開電腦，時間便多了出來，閱讀最多是一種習慣，人們浪費的時間遠比拿來閱讀的多得多，伊朗有句俗諺說得好：「這無疑是把黃金往外扔掉。」我懂，知識才是真正黃澄澄的金條吧，花點時間就可以隨意開採它了，為何不要？

天天一小時，一年就有三百六十五小時，十年必定會有驚人的效用。至於讀什麼？「經典」比較好，因為時間真的不夠用，與其亂無章法的讀，不如閱讀好書。「主題閱讀」是竅門，以一年為基準，讀歷史、人學、文學、環保與科學等等，融會於心，將學問據為己用。

優質閱讀的效益可能影響一輩子，成為人生態度，梭羅的《湖濱散記》之於我，就有這種效果，哈佛畢業的他，隱居「騰格爾湖」，過著苦行僧生活，為什麼？職場打滾多年，忙得不可開交時重讀梭羅，終於懂了，他的文字裡藏著反思，思考人為何非得活得像機器不可？

人生本來有兩種目的：「得到你要的與享受你所得的」，多數人在第一個名目上便卡住了，疲憊、困頓、煩惱與壓力，占據大半生，閱讀讓我開竅，懂得他的生活哲學。

如果缺乏閱讀，梭羅的人生哲學絕不可能提早進駐心靈，我就不會在別人仍在爭奪名利的年紀悄然抽身，三十八歲褪下光圈，用自己的方式生活，過著自主人生，貪心少一點，野心少一點，慾望少一點，人生更快活。

閱讀成了成長的重要處方。

「黃金非寶，書是寶。萬念皆空，善不空。」

這妙語我信，富蘭克林也是這樣認定的：「把知識放進腦袋裡就沒有人可以把它取走了。」

積累智慧看來是最好的投資，不必成本，不會虧損，誰也搶不走。

私房話

閱讀是人生之中最重要的基礎。

——約翰生

第6封信
人才

經驗與閱歷的完美結合

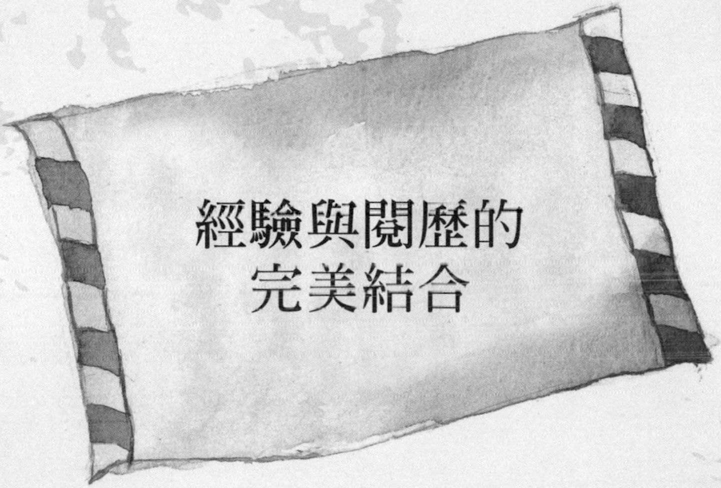

天才是天生的，才華洋溢有如大鵬鳥，傑出的人頂多是人才，翩翩飛舞的蝴蝶而已，人才的養成與天才不同，它非橫空出世，而是有方法的！

我曾自比「文青」，喜歡寫作投稿文學獎，期盼得名，但屢屢挫敗，暗自痛罵評審有眼無珠，把自己說成受害的「遺珠之憾」，而今成熟，確定當年的確是遺「豬」之憾，只是「此豬非彼珠」，不是評審目光如豆，而是自己不夠出色，經驗與閱歷不足，非九九成色的黃金。

很多事的確是需要火候的，時間是它的催化劑，三十歲方可做成的事，二十歲應該做不來了，即使做得來也少一味，重讀自己的早年作品，便能完全讀到所差的那個味道了；無知其實並非壞事，年輕嘛，等待是好事，熟了之後「無知」便會成為「有知」，那是美好的變化。

角色如今異位，當年的文青是現在的評審，文學獎的判定是我每年的功課之一，兩個月閱讀很多自以為嘔心瀝血的名作，排比出爐，我猜一定有不少人與我當年的想法一致，覺得被遺漏了。

我因而無償加碼要求，請主辦單位邀來參賽者座談，把我閱覽他們的文章，如何定出名次的感想告訴大家，最後語帶玄機的問：「想出名？或者出色？」

作家還是「坐」一家，在此得出分明的，想出名不難，出來鬧鬧事，講些渾話，做一些損人不利己的動作，應該就會出名了，但出色則非也，有時候一輩子都未必能讓自己變得很出色。

出色靠什麼？

我提點他們「堅持不斷的創作」與「用一些方法讓自己的思考更有深度」，最後水到渠成！

經驗是王牌

我在本書中不止一次提及，經驗與閱歷是兩張被遺忘的「美好地圖」，經驗不在課本裡，它是活脫脫的生活，我的文字裡有很多童年的軌跡化約而來的哲思，那是經驗，養分的存取之所，少了它，就不可能有某一本作品裡的某些聯想。

小時候物質貧乏，想吃魚就得到溪裡垂釣，想吃蛤蜊湯就得下河或者湖裡去摸，龍眼長在樹上，但樹很高大，爬不上去，想吃就得有辦法？這些童年經驗無形當中教我解決問題的能力。

我必須知道如何選擇釣場，什麼樣流速會有什麼魚？該用浮釣或者沉釣？日行性與夜行性魚類的釣法有何不同？河中摸蛤還算簡單，但潛到湖底則有難度，一群小朋友得討論再三，找出妙法，摘龍眼也是大工程，我們取了竹竿，綁上割草的刀子，慢慢搆著摘下來享用。

假期替人收割稻子、摘小番茄、拔花生，賺一點點工錢，十一、二歲與同學們出遠門打工，在偏遠深山的四季、環山、南山等部落種菜、摘果，看似好玩的活兒，事實上很辛苦，從未預想這些經驗會開出知識火花，進了人生攪拌器成為創意，轉化出智慧。

齊白石的畫風在六十歲時有了巨變，成為獨絕，評論者猜想他的人生「經驗」應是這個變化的主要關鍵，張大千臨終前數個月，在家人扶持下登上特製的高桌，畫就筆墨大氣的長卷，長十米，寬一米八，讓人目眩神馳的「廬山圖」，畫中大概是腦裡藏著的記憶地圖吧，歷史上還有姜太公，年紀一大把才下山輔佐文王、武王，這些全拜人生經驗所賜。

閱歷是引信

行萬里路勝過讀萬卷書！這些年來，除了一般性的旅行之外，我受邀到外國講學，筆記本上因這些旅次也有了更多的心情塗鴉，如果沒有迷霧籠罩，山坡起伏，邂逅一朵朵鳶尾花，很多文章不可能在我的作品之中，它們是大師，給我智慧的臨門一腳。

旅行是很好的閱讀器，這項說法一點都不過火，透過行、看、聽、問，博覽大地肌理，看見的不只是知識，而是見識。

保羅·法索說：「某種意義上，人生本身也像一場旅行，把人從這一站送到另一站，問題不在於是否到站，而是旅程是否盡興，玩得美好。」

START

旅行未必像徐霞客一樣走遍名川大山，或者如詩聖杜甫一樣壯遊；沉思漫步依舊有味，我家離新北市石碇山區著名的皇帝殿不遠，開車只要半小時，三小時內可完成攻頂下山，我常在山徑上一粒鑲滿貝類的岩石邊佇足停留，思考滄海桑田，崢嶸的山原先是海，而今是山，山海之間藏著什麼祕語，旅行中用眼睛的閱讀遠比書本多得多，不僅因而得到知識，獲取哲思，甚至讀到求知的方法。

唐代高僧玄奘可能不僅是位偉大的佛學家、哲學家、翻譯家，還是一位世界級的文化旅行家。玄奘著述的《大唐西域記》是研究中亞、南亞各國歷史、文化、地理、民俗的一部極為重要的著作，為世界各國所重視，一生翻譯印度佛典七十五部一千三百三十五卷，又將《老子》、《大乘起信論》等譯成梵文，傳到印度，是中印文化交流的傑出使者，深厚的知識是他的本錢，據說他的譯筆極佳，深入淺出，因是四處旅行，開拓視野，增廣見聞之故吧。

「書是死的，人是活的」，讀萬卷書最好同時兼備行萬里路，便會多出更多的哲思。

林義傑說：「沒有旅行過，不知世界有多大；沒有冒險過，不知生命有多珍貴。」這與哲學家提及的人生該讀的兩本大書：自己與自然有異曲同工之妙，世界之大，真的不是只有課本而已。

人生這張美麗的地圖，不必急於彩繪，馬上填滿，不急的，可以如蝸牛，慢行到達終點；你是主人，演好它，就是世界！

私房話

只有才幹是不成，還要懂得如何運用。

——羅什孚科

第7封信
天賦

順勢而行才會加分

長江早期有一種苦力叫做縴夫，冬天枯水期船遇擱淺時負責下水推船，江水冰冷，牙齒常被凍得咯咯直顫，冷到骨髓裡去了；或是逆水急灘，縴夫與急流暗灘搏鬥，半身匍行在石灘上，用繩索拉縴船隻而行，電視做過這個即將消失行業的專集，他們在群山環抱，水流湍急，亂石成堆，河道三彎几拐之中工作，危之又危、險之又險，汗水如雨下，腳底燙起泡是常有的事，縴繩搭在肩上，如刀割般鑽心的痛，有時甚至拉得皮開肉綻；縴夫震天齊喊，將貨船一艘艘拉上灘去，縴夫們在逆流中背負著生活的希望！

逆流人生，特別辛苦，我因而看見另一套「生命劇本」，它叫「順勢而為」。優劣永遠是人生的兩個面，劣是缺點，逆的人生，就如同縴夫一般，挑戰滾滾江水必是辛苦的，順是優點，發揮自己的長才、專業，人生便會加分。

我的書房裡有兩塊質地不同的木頭，形狀完整，飄有奇香的是檜木，讓書房裡一直飄散著美好的味道。

被海蟑螂啃咬出蛀洞，沒有香味，是截平凡漂流木，從海邊撿拾回來的，但樹瘤奇特，樹洞幽深，身體糾纏，遠遠觀之，很有藝術氣息，我用它巧思製作了一盞意境幽渺的檯燈，點亮後頓增優雅氛圍。

你可能是檜木，貴氣幽香，也可能奇木，造形藝術，各有千秋，難分軒輊，只要懂得自己的特色就會是贏家。

歌手蕭煌奇的優勢是歌聲，劣勢是眼睛，你覺得他該選擇用眼睛來做事或者歌聲？這個提問再簡單不過了，可是生活之中真正做對的人未必很多，明明該用手做事的人，卻選了腦，以至於四不像。

吳季剛的母親犯過這樣的錯誤，她分享這段心路歷程，吳季剛與哥哥的在校成績天差地別，媽媽希望吳季剛振奮起來苦讀，成績與哥哥一樣好，但這個夢想始終無法達成，對考試一事毫無掌握度，後來才發現吳季剛不是哥哥，只能演好吳季剛，演不了他人，他有自己的特色，那是別人沒有的，也許並不起眼，卻會令人驚豔，久而久之便是值得確幸的小特色了。

做會的

會的與不會同時並陳，聰明的人該往「會的前行」，而非選「不會的」！

雙手與雙腿殘缺的乙武洋匡新書發表會上提及自己的人生哲學：「做會的，不要做不會的。」

雙手與雙腳都做不來事，他把人生交給腦袋。

誠懇沒有怨言的語氣，微酸中，卻很動人。

教書不在行的離職的老師成了大山裡的夢想家，當了高山嚮導，他能言善道，幽默風趣，對高山的景致知之甚詳，有些私房景點，以前只是他與我們偷閒的祕境，而今成了帶團體驗的寶地，很多人喜歡他，累積口碑，客源應接不暇。

他的廚藝是花錢學來的，具備廚師丙級證照的功夫，能燒一手好菜，把山友的胃打點得服服貼貼，轉個念，他走出劣勢，醉在優勢裡。

大學修習數學的友人，怎麼看都不像數學家，他喜歡哲學，一些冷門的學科全被他考掘出來，自辦書院教些獨門的課，如朱熹、邵雍等人，說得頭頭是道，有些聽者成了粉絲信徒，長年跟著他，他有音樂天賦，洞簫、笛子、尺八，樣樣皆通，間隔演奏一曲，軟化枯燥的氣氛，這種特色的哲學講師絕無僅有，他的課不必宣傳，開了便滿，這是他的優勢。

朋友考上街頭藝人，邀我欣賞他的露天手風琴表演，果真有特色，音色絕美，拉得出悠揚與淒楚，他的口條好，能帶動氣氛，是個不可多得的表演者，善畫，經常寫生，中場時間賣起畫作；讀書不是他的優勢，但他是天生的表演家，雅俗共賞，邀約不斷，是個紅牌藝人。

大導演史蒂芬・史匹伯成績拙劣，報考電影學院名落孫山，他不死心，從電影工作室著手，當小學徒學習所有技巧，最後成了家喻戶曉的導演，展示出優勢才華。

畢卡索一度想寫詩，還好遇見貴人史泰茵，建議他趁早改行，否則他可能會是一位把詩寫得索然無味的詩人，而非一流畫家。

優勢與劣勢同在，問題是：你想順水推舟？或者逆水行舟？

價值可以加分

我對保險業有偏見，但好友改變這種觀感，他是保險員，能清楚分析保單的優劣，幫客戶找著最有利的投保方式，舊保單他也能整理出新價值。

他有同理心，能設身處地，因而贏得信任，需要投保的人，紛紛找上他，像樹狀圖一樣綿延而出，保額高達數億，得了好利潤，他卻不吝惜的把這些所得，一部分回饋出來，帶保戶參觀有機農場，食用有機餐，泡溫泉聽課程，辦電影欣賞會，請來影評人註解，經常向我購買美好生活的書贈送給他們，他是這樣認定錢的，賺得到是能力，會用它是智慧，錢可以流通到不同的地方，給不熟識的單位則是慈悲。

保險讓他賺足了錢，但也幫了不少人，他認定這是一份有價值的工作。

工作之初一般人斤斤計較的全是錢，覺得它很重要，多年之後發現延續它的不是錢了，而是一種「價值」。

這些年我定期到「法官學院」上課，跟法官學員提及，我有正義感但無處可伸，太正義搞不好還會犯了法；但他們卻可輕而易舉的發揮正義，讓好人得救，壞人得囚，這便是他們的優勢與價值了。

每個人的工作都該有相應的價值才是，作育英才，讓孩子們成為社會的正向力量，老師這份工作便會成為很有價值的志業。

我是作者，盡可能在文字的舉棋擺譜中充滿哲理，寫的不是字，而是文章，就會很有價值了。

黃檗斷際禪師在《宛陵錄》中作偈頌曰：「塵勞迴脫事非常，緊把繩頭做一場，不是一翻寒徹骨，爭得梅花撲鼻香。」

我猜禪師想說，即使擁有無懈可擊的天賦，務必再加一些努力，才能到達彼岸。

私房話

我們知道的非常少，不知的非常多；理解缺陷，方可打造優勢。

——拉魯拉斯

第8封信

失敗

蹲下來跳得更高的眞理

失敗在我看來是一種忠告，告訴我們要成為一位靈巧的人之前，可能還要再加一把勁！

這是影壇巨星丹佐華聖頓在賓州大學演講時的橋段，坦承自己的失敗是非常不容易的，但他要學生們相信，從勝利中得到的遠比從失敗中得到的少，失敗到自信是一段成長旅程，苦澀到甜美一點都不能缺。

他舉了成名作《費城》為例，說明「勇於接受挑戰」的重要性，如果不願意碰觸失敗這個真理，就會錯失許多寶貴的機會。

羅根霍佛是著名的麥肯錫公司的董事，《精實之旅》這本暢銷書的作者之一，他曾協助年營業額高達二百五十多億美金的法國空中巴士改善生產力，年增百分之二十五，瑕疵率降為不及百分之五，他說如此有效率的改善理由，關鍵在「心態」。耽溺於失敗，不可能會成功的，成功者至少要看見「陽光的方向」，這話太有意思了。

年輕人常被說成草莓族，這些話任誰聽了都不會太舒服，無論你接不接受，或者一肚子火，都該靜下來反思，要如何應付人生裡不期而遇的挫折與壓力，面對它，接受它，處理它，超越它，或者逃避它，意義上大不同，我願意提出一些讓你可以當成參酌反思的題材。

23K這件事你是怎麼想的？

太低了，簡直不把人當人看，我們要舉牌抗議，之後，製作了一些精美的旗幟，站在勞動部的門口，賣力發聲：「我們不是台勞，不要23K！」

抗議之後呢？依舊無解，無人答理。

我不會採用抗爭，而是用實力說話：「我少了什麼？如何補足它？」

我會許願：「給我半年，證明我值30K！」

付諸行動才是要件！事實上我的第一份薪水8K，如果不省吃儉用，並且住在辦公室裡，即使在當年平均年薪只有一萬二千元的年代，八千薪水依舊很不夠用的，我很少上館子，幾乎餐餐自己煮，殺價是我的絕活，只差沒有不要臉的買蔥要人送肉而已，能取得的附贈品，盡可能要，這樣度過半年，老闆終於決定加薪：「你幹得不錯！」這個肯定比加薪更重要。

低薪是我的人生挫折，但我的承諾是：超越，打敗低薪魔咒。

競爭是逃不了的宿命，有工作就有比較，有高低就有壓力，這是自然法則，面對競爭，你採用什麼心態？依舊是抗議嗎？什麼不准進來？為何要開放？競爭就死棋？怎麼聽都覺得這是投降論者的台詞，但名廚阿基師可不是這麼說的：「來呀，誰怕誰？」這話聽起來便很氣魄，雖千萬人吾往矣的態勢，他的選項叫「面對」，他下了註解是：「有實力就不用怕！」

聽起來很容易明白，抗爭是沒有實力者的舉動，我猜你不會接受這種評斷的，那就讓自己變身成為可以抵擋千軍萬馬的實力者吧。

怕競爭不算什麼特例，很多人都怕的真實理由可能是「怕失敗」！

為何怕失敗？這點就值得考據了。

科學哲學家卡爾．波普提醒我，如果無法證明什麼是對的，就要證明什麼是錯的，我們無所事事的埋怨，不要爭，怕失敗是錯的，改變這種心態才能往的方向前進，不至於重蹈覆轍。

失敗裡藏了真理

機會是給準備好的人？這話有點小語病，如果加上「勇於面對」就更完美了，即使準備得再好，依舊可能失敗，你準備好面對了嗎？名校出身，但投遞三十封履歷表都石沉大海，一定很難過，面對或者逃避才是關鍵所在，躲起來變成宅男，顯然選錯方向了。

嚴長壽的故事值得參考，學歷一度是他的罩門，但他選擇另闢蹊徑，克服難關，最後成為傑出、卓越的專業經理人，歸納言之，吃苦耐勞、勤學上進、充分準備、勇於創新，永不放棄等人格特質是他脫離失敗邁向成功的法門。他信仰「垃圾桶哲學」，把所有同事不願意做，不想做的事都接過來處理，結果從中充分學習，鍛鍊出全方位的工作能力，他認為只要多一分準備，便可以少一分失敗，他屢試不爽。

實業家常常提醒我們，失敗這件事必須列入人生旅程之中，它是絕對避免不了的，任何一項工作都有如走鋼絲，該有的思想不是如何可以免除它，而是懂得小心謹

慎，設下堤防，才不至於前功盡棄。

萬一真的遇上失敗了，它也未必一無是處！

「失敗是一座學府，裡頭教的是真理。」

這是畢徹的名言，將失敗兩個字解得淋漓盡致，與菲力普斯所言：「失敗頂多是一次教訓，但會點出一個陽光的方向！」有著異曲同工之妙。

一帆風順本是騙局，我們竟然深信不疑，風雨不斷理應才是常態，失業率也是假議題，古諺有云，想當牛不怕沒田犁，只要夠努力，挫折遲早會被跨越。

風平浪靜的人生無處是驚奇，沒有漣漪也就起不了創思，哪能舉一反三，至少我見過才華洋溢的人，童年時期幾乎都是困苦艱難的，「吃得苦中苦，方為人上人」彷佛真實預言。失敗是機會，可以因而了解自己的足與不足，這點至關重要。

爬得起來才是勇者

邵寶玲是大陸著名的「行李箱皇后」，年售數百萬只行李箱，特創「踩踏式」行銷法，在機場裡隨意讓旅行者在箱子上跳舞，展示產品的質量，萬一踩壞呢？那就表示品質有待改進，再修正，他對自家產品信心滿滿，連歐洲人都佩服不已；海爾是大陸非常著名的電器品牌，最令人印象深刻的是老闆帶鋤頭巡視廠房，一發現瑕疵品就當場敲掉重做，這種不怕做壞的精神，讓品質有了極大的提升。

廖智，一位熱愛跳舞的女孩，汶川地震她被活埋二十六個小時，失去雙腿，失去女兒，失去婚姻，卻未失去希望！截肢兩個月後，她強忍疼痛學會跪立，為家鄉災民籌款義演，被譽為「最美志工」。參加電視節目《舞出我人生》獲得亞軍，精彩的真實故事，可以給老想放棄的人一點提醒！

電影巨星席維斯史特龍在成名之前一度相當潦倒落魄，身上只剩一百美金，連房子都租不起，經常睡在金龜車裡。他立志當演員，卻因相貌平平及咬字不清而遭到拒絕，他仍相信「過去不等於未來」捲土重來，《洛基》劇本四處被嘲笑奚落，一共被拒絕一千八百五十五次，終於遇到伯樂，唯一條件是不准他在電影中演出，最後堅持到底的席維斯贏得青睞，終成聞名國際的超級巨星。

一千八百五十五次的拒絕仍不放棄的電影巨星席維斯史特龍的故事，給你什麼啟發？專家點出優秀者的七種特質，熱情、負責、專注、正面思考、謙沖為懷、接受缺點，其中最重要的一項是不懼失敗。

人生只是一段航程，揚帆了，就不要往後看，終點在前方。

失敗往往不是事件本身，而是自我預言。

「失敗算什麼！」

莎士比亞說，黑夜久了，就是白天，說的也是，失敗久了，就是成功吧。

私房話

失敗在某種意義上是提醒你，成功其實在另一條路上。

——濟慈

第9封信 學歷

博士島的祕密

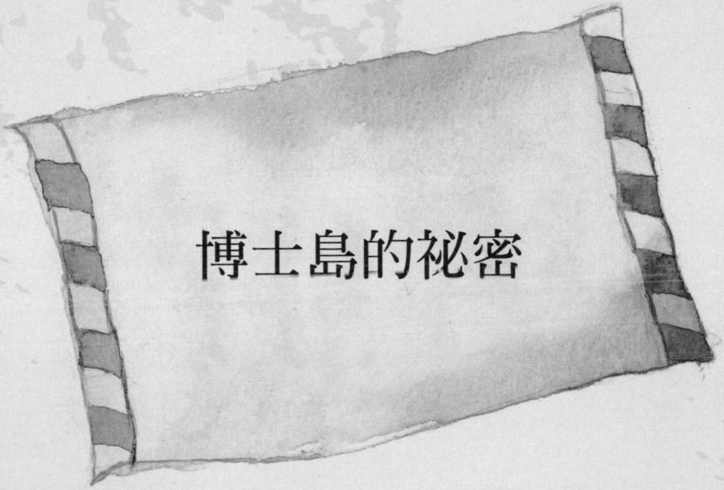

演講結束後偷得浮生半日閒，與協辦者一塊用早餐，他是一家公司的負責人，與我分享他用人的兩個經驗，一位應徵者被他問道：「你會什麼？」答案非常自然：「我會讀書！」另外一位帶來了一大疊證照，他很不客氣的告訴他：「那是紙，請收起來，我給你半年的時間證明你的行囊裡有寶物！」

是的，請收起那些紙，心中歸零，再用一些時間重新來過，證實自己真的是有寶物的人，學歷並非全無作用，但必須能用、會用，否則這個魔法，可會失靈的。

我手上正巧有份狀元譜，可以間接證實狀元無用！

從隋文帝開皇七年到光緒帝三十一年，一千三百一十八年的科舉長河中，共產生八百八十六位狀元，你能說上幾位？陳伯玉、孫伏枷、黃滔、王世則、彭教、張升、朱熠、員半斤、龍汝言等人全是狀元郎，你熟悉他們的事蹟嗎？

書法家柳公權是狀元，但我們熟知的他並非曉經典，而是通書法，與顏真卿並列「顏筋柳骨」，他還是一位敢於直言的「諍臣」，剛正不阿的個性完全表現在書法的體例上，卓然一家。

文天祥是狀元，但留下來的理由卻是忠烈，他寫的詩蒼涼悲壯，如〈正氣歌〉與〈過零丁洋〉，兵敗被囚於元朝大都，後就義。

科舉中的狀元，未必在典章制度的開創上都有過人之處，顯而易見，考試並非測量一個人是否為人才的好方法，即使考得很出色，也未必是某個領域裡的行家。

學歷與學問

通常修習一段時間，考試或者評量通過了，得到一張證明便是學歷了，它通常只代表畢業，並未必代表有料，兩者之間差異極大，前者是課本內的知識，後者是課本外的智慧；取得博士學位的人，有資格去應聘為大學教授，但並不代表他能把課教得動聽！說得出神入化，聽得津津有味，才是有學問之人。

學問並非學歷求得的，它要比別人更用心、執著與專注，黃仁宇先生在寫《萬曆十五年》這一本書時，為了一份以為必要的文件，特意飛往英國劍橋大學，進到圖書館查找多日，終於如願以償，但最後並未把該資料編入書中，但單單這分執著的心

意，便夠格當學者了。

「蜻蜓就是蜻蜓」是學歷者常說的答案，舉一反一，但是學問者至少要舉一反三，提出蜻蜓式戰鬥機的構想，進而研發，則是知識之用；中醫理論尚有很多「密區」，修習者如果可以找出穴道的相應科學之理，也是知識之用；博士未必只能教書，修習農業的人用它來種稻，理論與實務相得益彰有何不可？如果因而種出佳績，也算知識之用了；博士當然也可以當健身教練，用科學的方式教人保養身體，這工作就不止賺錢，還有功德。

我不相信學歷具有附加價值，但明白它有「利用價值」，博士利用溫體雞加上獨特香料炸出有口碑的「博士雞排」，電子新貴用電子專長設計光源，種出四季皆宜的優質有機蔬菜，海洋魚類的研究者，把他的專業用在水產養殖，研發創新一套管銷模式，並且大量育成高經濟魚苗銷售，這些達人們全是知識經濟的典範，讀書的真實價值。

我最怕頂著頭銜的無知者，只知道自己是博士，卻什麼也不知，有如井底之蛙，以為自己擁有全世界，不知只住在井裡，這樣的人比無知還可怕。

我的博士島寓言短文寫的便是這類人！

海上仙州被一位博士冒險家購得產權，大興土木建屋販售，承購者必須同樣擁有博士學歷，「博士島」因而得名。

博士島中的博士們都有來頭，業界精英，專業一流，原先預備到島上過著神仙生活，未料隨著時間消逝設備逐漸老化，問題便叢生了，設施壞了沒有打理，路燈不亮沒有人修，公共廁所「糞」湧向前。

博士島日漸荒涼，島民終於受不了成立自救會，開出禮遇條件。

非博士的水電工，修廁所的工人，苗圃園藝人士，修路的施作人才……，都可入住，條件優渥，而且有特休假，博士島的住民待遇最差反而是這群博士們，肥缺是專門技術人員。

博士島只是反諷手法，旨在邀請你一起想想，學歷的真實意義是透過讀書得到知識並為其所用，而非韶光一輪，用盡青春歲月，得到無用的東西，反而被虛名給綑綁住了。

實力更勝一籌

大陸國寶級演員焦晃認為：「表演要做到一絲不苟的完美，投入時間完全不可少，必須像個戲痴、瘋子，還得額外從琴棋書畫中找尋到表演的元素，總之對待藝術的態度要嚴謹。」他被公認為扮演清朝康、雍、乾三帝的不二人選，為了演好盛朝大帝這個角色，他常一口氣買上近百本專書來閱讀，並且比較三位盛朝皇帝人格上的差異，下足了功夫，這些讀來的知識，最後全派上用場，演得絲絲入扣。

他的口訣是：「做到最好！」

家鄉有一位理髮師，小學畢業就去當學徒，三年四個月出師，自開理髮店，可是沒有人願意當他的第一個客人，我被迫成了第一名，他抖著手剪完，我哭著回家，時光荏苒，早逾四十年，精湛技術已達必須預約排隊等候了，我千里迢迢由北返宜讓他剪髮他最開心，總會再說一次童年往事，而今理髮的他手早不抖，而是隨意流動，渾然天成，常跟我開玩笑理髮的人最大，王侯將相在他「剪下」不得不低頭，他說的是實話，卻藏了傲骨，意指他也不賴的。

讀書只是「知識的可能專業者」，但專不專業可是得由自己決定，學藝不精仍非專業者，反之，藝術、美學、舞蹈、表演、電影、飲食、農作也都是專業，屬於另外的金字塔，你在塔底還是塔尖才是關鍵？

牛肉麵好吃，紅豆羊羹遠近馳名，手工肉丸很有特色，土鳳梨酥做出口碑，雕刻有創意，繪畫出色絕倫，這些全都算是一流的「達人」。

「魚在水中，鳥在青天」的意思是每個人都該有一個屬於自己相應的位置，魚在空中，鳥在水中，怎麼說都有一點不太對。

企業家王永慶先生生前被問到：「你說學歷不重要，為什麼你都用有學歷的人幫你工作？」

「因為我沒有看見有能力的。」

妙答讓人莞爾，實力、能耐的確才是相對重要的憑據，巴菲特幽默一說：「退潮的時候就知道，誰有沒有穿底褲了。」

你一定不希望自己就是那個露底褲的人，不想被人看扁，那就多花一點心思讓學歷大變身，成為真才實學的人！

私房話

可以憑運氣找著一個好差事，但無法一直憑它保持一輩子。

——阿爾謨

第10封信

價值

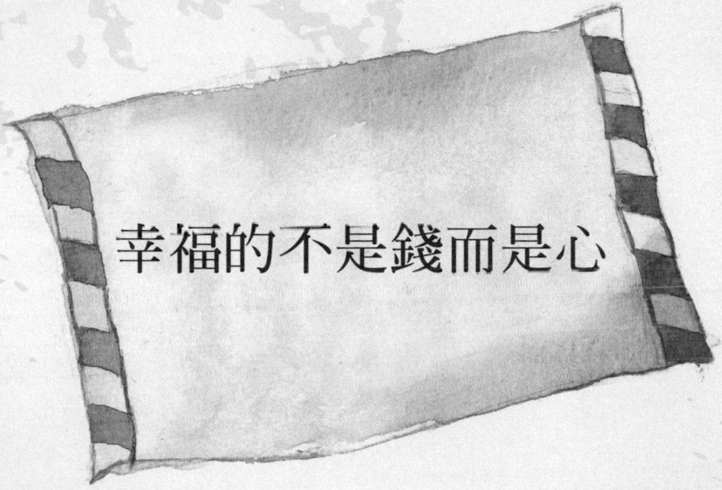

幸福的不是錢而是心

「錢奴」與「奴錢」字組相同但意義大不同，一輩子只擁有錢，拚命工作，無一刻休息，最後真的成了富翁卻又未必用得了錢的人，叫做錢奴；忙碌賺到了錢，但懂得忙裡偷閒，遊山玩水，讓錢多出妙叫做奴錢，前者是機器，後者是人。

比爾蓋茲說，富人與窮人的最大差異：「不在錢，而在心。」

富人在他眼中只是比較幸運的人，懂得布施財富給窮人才是高人，只是慈善是私權力，無法強求，但他提醒富人們，「做好事存善念」是求取內心快樂的唯一方法。

馬丁路德說：「每個人都能成為偉人」，自古以來，慈善都不是富人的專利，德蕾莎修女根本不是有錢人，但她的善行依然贏得全世界的尊重，支撐他的力量叫做「信仰」。

這些年我一直思考：「如果錢不是錢，它是什麼？」

沒有錢不活，還是沒呼吸？

不丹是公認的窮國，每個人都活得開心，理由是什麼？

不丹前任國王吉莫・辛吉・旺楚克給出答案：「快樂不可能隨機降臨在人們身上，它來自選擇。」

這在金錢主義掛帥的社會很難完全理解，我們會埋怨賺不到錢，不會埋怨賺不到快樂，但歲月總會把人催熟，而今我相信快樂、健康遠比金錢值錢。

金錢或快樂？你也來選它一下。

錢換不來的東西

錢的確好用，它可以換到房子、車子、平板電腦、液晶電視等等，但換不到幸福、美好、優雅、健康。

人生轉瞬即逝，該懂的不是如何拚命疊高財富，而是利用它來美化苦澀的生活，否則很難演好盧梭口中那個「真正的人」，頂多是一部隸屬於富人旗下，生產力驚人的管用運轉品，主人負責按鈕，我們就不停扭動，為他們效力，直到終老。

心理學家研究，一天的體能上限是四至六小時，超過這個時間便是透支，效率會遞減，負荷則劇增，多數人一天當兩天用，十到十五年便可能用罄耗光一生的體力，疲憊、壓力、煩惱、痛苦、焦慮、憂愁等等滿布，如何續演下半場？

我們被告知，讀書、工作是為了錢，但未被告知錢是什麼？它的本質應該是代幣，用來交換人生中的美好之物。

我家的羊換你家幾隻雞，我的魚換你的筍子，只要雙方覺得合理即可了，這是錢的原始意義，也是最美的意義；貝殼是最早期的代幣，用來代替物質的價金，算是更公平的方式，卻因而產生積累的副作用，美好意義逐日消失，生活變調，質感封存。

愈多愈好？多即是富，愈富有才會愈快樂？事實正巧相反，富有往往是不快樂的主因之一；財富若非努力得來的，便很容易流失，下場更慘，比方說：中了樂透，七成左右在七年內千金散盡，甚至爭端不斷。美國《商業周刊》調查指出，只要繼承十五萬美元以上的財產，大約就有二成喪失鬥志，願意放棄工作坐吃山空，終致一事無成。

學會利用財富

「利用財富」與「擁有財富」本是兩回事，周潤發喜歡演戲，從中得到巨額財富，轉投資房地產獲利頗多，累積十億財產以上，他決定身後裸捐來做公益，有人問

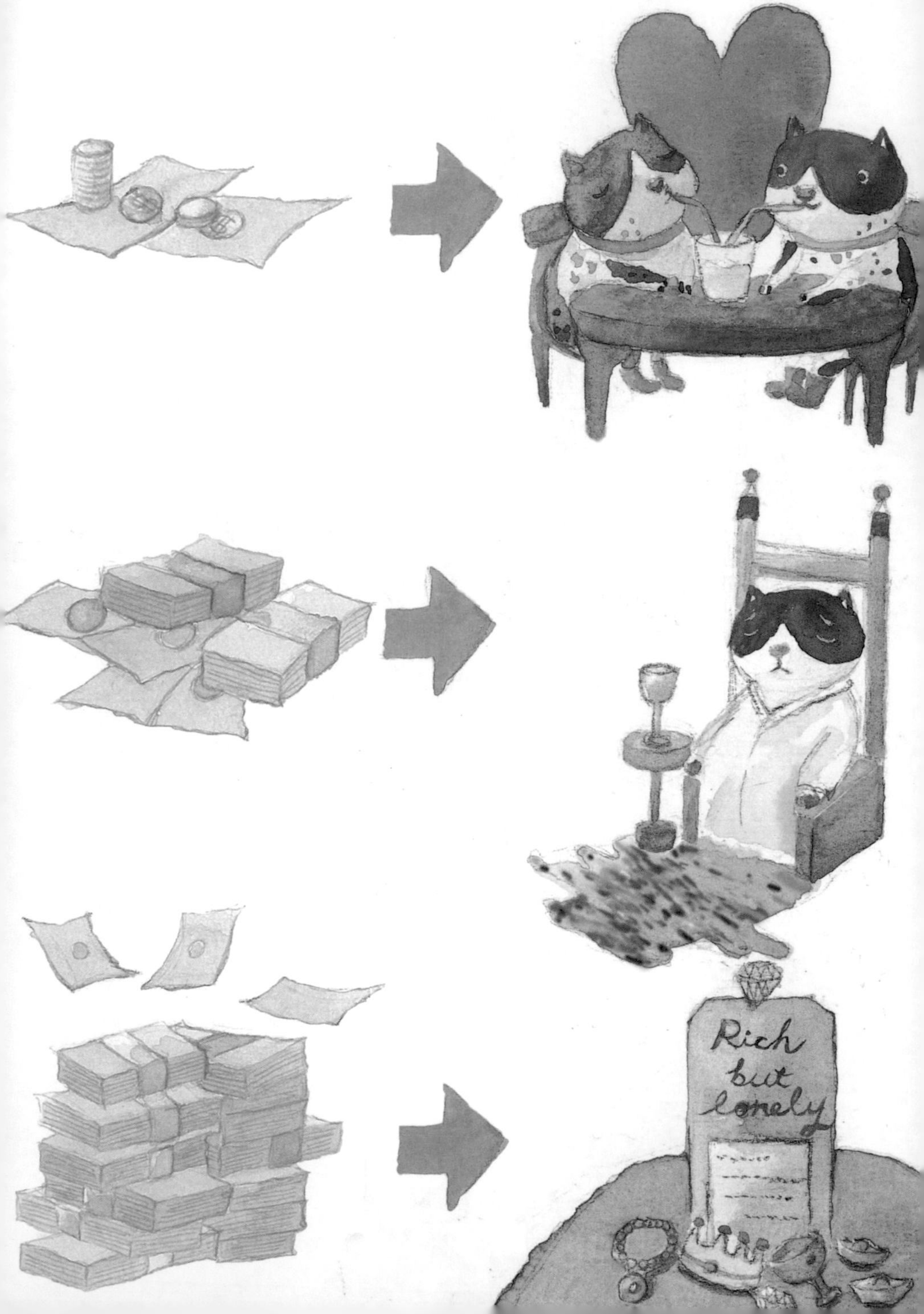
Rich but lonely

他這麼辛苦賺來的錢怎麼捨得捐？他說賺錢就已是很快樂的事，何必擁有它，變成守財奴，如果把這些錢用來做好事應該更有意義。

夫妻倆沒有子女，捐出家產是在情理之中，但比爾蓋茲可是有兒有女的，也捐了百分之九十五財產，因為他相信留下遺產會禍及子孫，害他們成為不勞而獲者。

這些哲思提點了「價值觀」，價格是常見的計量方式，一千元就是一千元，五百元就是五百元，這是錢的基本特性，但是若讓　千元發揮出一萬元的效益就是價值了，用價格思考的人，容易「役於物」，那是苦澀，「物於役」才會成為美好。

錢是什麼？請切記，可以用的才算是錢，至少必須保有好的體力，並懂得偷閒，才能遊山玩水用掉自己的辛苦所得，萬一沒空用，沒力用，錢便是紙了，我的奶奶犯過這樣的錯，把錢綁起來，塞進老甕，往生多年舅舅才想起來，挖了出來，絕大多數都成了一堆無用的廢紙團；只進不出並非我喜歡的工作模式，即使銀行戶頭裡因而進很多的錢，那也只是一堆阿拉伯數字的流動吧。

最慘的是，賺到了，命也沒有了，錢變成了冥紙，那就很可悲了。

需要與想要？天壤之別！一生之中，柴米油鹽醬醋茶的需要真的不多，很多只是一種物慾，一個貪念，卻逼使人們花盡一生，真的很辛苦。

根據專家的說法，工作得到的代價只是身價的八分之一，它是物質生活，更美好的精神生活是錢的另外一層意義，一座通往優雅人生的「橋樑」，錢不應該存銀行，需要改存山水帳戶，用它換取一趟旅程，一頓美食，邂逅山水清音，購買一組私人且特別喜歡的杯子，一盆香味撲鼻的花，這樣的錢更具價值，「香格里拉」可能不在不丹，它在心裡。

金錢本來就有兩個面相，有形的通往世俗，隨處可見，無形的則直達健康、快樂、可支配的時間、旅行等等，兩者集合起來才是身價吧。

工作不是人生的全部，想一想是否還有其他更有意義的事可做！

這些美好的人生道理，現在不懂無妨，但千萬不可以永遠不懂。

私房話

金錢是很好的僕人，卻也是很壞的主人。

——波厄爾士

第11封信

快樂

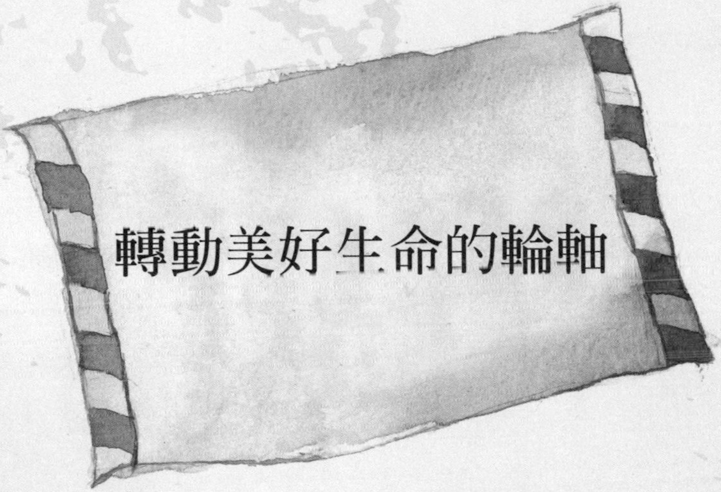

轉動美好生命的輪軸

快樂需要教嗎？不教會嗎？除非你相信，二歲可以一下子變成三十歲，否則就必須承認，很多事都是學來的，沒有捷徑。

早知道比晚知道好一些。

快樂是什麼？買一個新的包包，與同學吃了一頓生日燒烤，或者身上多了很多眩目的奢侈品，或者還有別的？

每隔一段時間，快樂就會被媒體提出來討論一番，答案多半是：台灣人越來越不快樂！理由不外乎擔心失業、收入不高、經濟衰退等等，彷彿快樂完全是由金錢財富主導，少了它就一定很不快樂的，經濟與快樂當是有關，但那非絕對，頂多是相對。

我們都上了GDP的當了，因而陷溺在忙盲茫之中，未必真的使人快樂，也許會因而有了錢，但卻沒有力，可能沒有空花錢；不丹強調GNH，中文意思是「幸福指數」，如果沒有先知先覺的不丹，提醒我們應該掙開金錢主義的鎖鏈，人生變很容易成為不停打轉的陀螺了，活得卑微。

時間是要素

《快思慢想》的作者康納曼提供我們一套新的邏輯，點出快樂的決定因素應該是「時間」，有沒有它才是關鍵。

「時間壓力大」或「工時長」通常會帶來更大不快樂，這是一個很有意思的觀點，似乎說明忙得不可開交可能才是不快樂的主因，為什麼這麼忙？泰半的原因是被人類自己設計出來的慾望綁架了，什麼都要，什麼都得好，非大不可，人哪來那麼多時間追逐它，不得不加班買房，犧牲休閒，放棄健康，壓力不激增才怪，但卻沒有空好好處理它，以至於壓力倍增。

時間最好的分配額度是三三制，工作八小時，休息八小時，睡覺八小時，即使無法完全做到，也不該讓工作過量，蠶食鯨吞掉睡眠與休息的時間，一古腦往工作的方向傾斜，忘了「智者的最大敵人是慾望！」

你應該坐下來思考，不要只想什麼是重要，該想是不重要的有什麼？我的想法很簡單，目前暫時做不到的事，就不重要！比方說！想要擁有帝寶就非常不重要了；不要只想必要是什麼？改想想不必要有什麼？有錢沒命的事在我看來沒有必要做了；需要什麼很簡單，但不需要什麼就得好好思考了？初入社會，行頭應該樸實一點，那些名牌包、名牌衣、名牌鞋款等等可以從缺，就不太需要；不過該要什麼倒是可以正向思考一下，我想「呼吸」一定該要吧。

人生未必什麼都是「加法」，偶爾來一套「減法」更妙。

麻煩你提早一點想想生活品質，要過什麼樣的生活？我指的不是物質的，而是精神層次，不是豪宅美屋，而是人生如何得閒？如果因為忙而把時間用光光，將如何與自己的父母相處，如果有一天有了兒女，他會如何看待你！

成龍出過笑話，有一天心血來潮想去學校找兒子讓他驚喜一下，未料學生全出校門，獨不見兒子，問助理才知道自己犯錯了，他在小學等，但兒子早唸國中了；有位某縣局長級的人物比平常早一小時回家，按門鈴女兒來應答，他說爸爸回來了，女兒反而嚇了一跳，跑去房間告訴媽媽：「門口有個自稱爸爸的人？」這些全是忙的錯！

忙看來不止浪費時間與生命，可能一併浪費掉親情。

建立自己的快樂方程式

忙的壞處不少，至少多出了許多無謂的壓力，很多看似暴力社會事件，其實都是壓力未紓解造成的。

壓力基本上有兩種主要形式：內射：把壓力吞了進去，最傷的是自殺；外射：把壓力用力吐了出來，最後是暴力傷人。

馬修·李卡德（Matthieu Ricard）原是巴黎巴斯特學院分子生物學博士，二十六歲時，放棄科學家生涯成為僧侶，在喜馬拉雅山區定居，跟著西藏大師學習三十多年，同時也是達賴喇嘛的翻譯，他所出版的《快樂學》便提供很多有用的處方，正面思考是他認為很有效的一帖良方，他叫它為「聰明的樂觀」。

生氣、煩惱、酗酒、與人鬥毆等負向方式不管用，正面思考才能改變事情的本質，老覺得苦不堪言，不如用同樣時間思考如何享受美好的一刻，不管怎樣，都要保持正面，因為那才是最有利於自己的想法。

無論年紀多大，運動都是人生最重要的配件之一，它可以帶來健康，也能有效解壓，年紀輕輕多做一些高張力的運動無妨，籃球、羽球、登山、溯溪、浮潛，都應該是你生活的一部分，年紀稍大一點，可以慢慢修正成慢跑、快走、健行、氣功、有氧運動、單車等等，總之，要運動。

心理學家逖尼相信，一生至少需要一位知音，三個好朋友，壓力才有處可發，找好朋友傾訴一番，勝過十位心理醫生！

喝咖啡、濃茶提神創造出來的假體力，效率恐怕只有事倍功半，沒有什麼營養，倒不如倒頭好好的睡呀，睡飽了再做事得到了事半功倍的成果不是更好。

休息是最好的治療，一直不睡或者睡眠品質不佳，很容易變身遊魂，無力處理壓力的，這樣的人一定不可能快樂。

「做自己喜歡的事，即使困難，都會有路；不喜歡的事，怎麼走還是死路！」

建立工作價值感也是快樂很重要的來源之一，這叫「想像的快樂」；法官的工作是辛苦的，但如果想像自己是「正義使者」，可以護航公理，伸張冤屈，應該是滿快意的事；老師當是辛苦的，但想像自己可以因而作育英才，當它是志業，送學生人生厚禮，肯定不賴的；作家的想像是，立功、立德、立言的文字，讓人找著生命的方向，應該不亦快哉吧。

這些人或許並未擁有富可敵國的財富，但能這樣想，心靈便會富有，它是與快樂最近的距離。

私房話

成功並非最值得一提的，快樂才是。

——考利

第12封信

知足

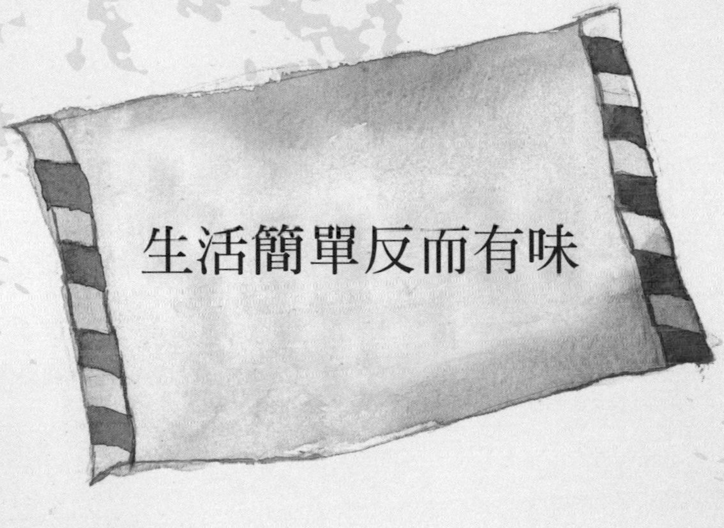

生活簡單反而有味

人生正要起步，與你談「知足」，不知是不是好事？會不會有人以為我過度杞人憂天了，但如果不說，就怕有一天真知道卻太遲了，我身旁便有不計其數的活生生例子。

很多人以為知足等於沒有，不要，零，或者飲露餐風，非也，簡單來說，只是不能要的不要，要不到的不要，不是你的暫時不要即可；我在三十八歲時重新思考人生，發現庸庸碌碌的行旅之中只有工作，少了美妙的歷程，所以停了下來，改寫自己的人生地圖，一度被稱做「簡樸生活家」，引來誤解，講師費是我的薪水，談談價錢是合理的事，它是我努力該得的代價，專業的回饋，顯然有人不是這麼想，他們覺得簡樸就是沒有，不必斤斤計較，我只好玩笑答之，除非他吃風能活，我便飲露。

知足的真實意思我因而提早懂了，少一點，再少一點，或者腦海之中，不要只有錢，來點別的吧，需要不多，想要的不用太多。

知足的人，只是對物質的定義與人不同罷了，他們傾向實際，不會束在空中樓閣之中，以買車為例，我不至於拒絕擁有，但會量力而為，當它是代步工具，能把我從這一點載到另一個點即可，這樣就不會被品牌、價格左右；但我也不會要求有錢人比照辦理，我買得起國民車，他們買得起雙B豪華轎車，且無負擔，我也不至於反對。

我的背包多數是在跳蚤市集裡購買的，一來便宜，二來可選擇性滿豐富的，最重要的是我認定它只是用來背負講義、書本，物美價廉就是王道。但非什麼事都如此隨興，孩子的生日我很重視，願意開車到他們指定的「洋蔥」餐廳吃一客高貴不貴的生日宴，我願意從剛剛得自電視台錄影的一小筆交通費的一部分，買一只漂亮的咖啡杯或者一雙亮彩的筷子。

匱乏時，粗茶淡飯如顏回，我也能過日子，這才是知足的真諦。

人生最怕富甲一方，還想再多一點點，報紙常登這樣的例子，那位身價驚人年逾古稀的老建商，為了再蓋一座有利可圖的合宜住宅，不惜行賄官員，東窗事發，可能鋃鐺入獄，真是何苦來哉？

執迷不悟非好事

漢朝有位收藏家，本是有錢員外，田產綿延，房舍多棟，卻迷上大秦王朝的稀有「五銖錢」，謠言說它價值連城，投資報酬率極高，他便不惜重金收購，最後千金散盡，連當乞丐行乞時也是這樣哼唱：「誰家有秦朝的五銖錢，行行好賞我一枚吧？」執著如是，貪念如是，真是無可救藥！

神仙讓年輕人許願，允諾他日落之前跑回原地，畫出來的圓周，以內的土地全歸屬他，年輕人開心不已，天光未亮便出門，不停的跑，土地愈跑愈大，日落要折返回來，卻又捨不得多跑一里路，直到不得不回頭才快步急衝回來，日落前一刻終於氣喘噓噓回來，滿足望著自己的一大片土地狂笑三聲，一口氣上不來撒手人寰了。

家人難過幫他收屍，收屍人語帶輕蔑：「才五尺之軀，要那麼大的地幹嘛？」

這些故事應驗了老子在《道德經》裡的說法，禍莫大於不知足，的確如是，我們多半只需要五尺地，但卻卯起來追求數千畝！

博學多聞的骨董鐘錶收藏家，講述鐘錶史，迷人好聽，他說機械不是外國人發明的而是源起中國，宋朝宰相蘇頌在西元一〇八八年指揮創造水運儀象台，就是全世界第一座時鐘。

遲至十四世紀中期，義大利人才製成第一個西洋機械鐘，十六世紀初德國人發明發條，十七世紀末發明游絲，一九五七年美國漢彌頓（HAMILTON）發展出以電池為動力的機械電子錶，一九六〇年代寶路華（BULOVA）推出音叉電子錶，一九七〇年代出現石英錶，電池為動力的鐘錶並非真正的鐘錶了。

他有如一部鐘錶的百科全書，日夜為寶物耗盡心思，租了房子擺放收藏，但卻骨董鐘一個個售出，抵用租金。

偶爾鬼迷心竅，會把得來不易的鐘毀損壞，讓自己擁有的那一座成為「孤品」，事實上那些全只是商人的技倆，騙術罷了，孤品不孤，等他弄懂了，清醒了，人也老了，他真的不笨，但慾念蒙蔽人的本性，不知足害的。

人生只是一題數學

人生是一題公平的數學，要得多就得付出多，少一點才能換取優雅，但得到多未必保證結餘多而人生更好，這部分就不是數學，而是哲學了。

「想要」與「需要」是關鍵所在。

需要是什麼？

柴、米、油、鹽、醬、醋、茶吧。

想要是什麼？

綾、羅、綢、緞。

我很喜歡希臘哲人蘇格拉底的這段話：「知足是天生的財富，奢侈是人為的貧窮。」物質富有與心靈富有常有爭執，知足是關鍵所在。

多少算有？

廣告大師孫大偉提供解答：十萬元！

他說，除了房子、車子、全家旅行等等少數大筆支出之外，一次花上十萬元的機會不算多，隨時擁有十萬元可以支配就是富有之人了。

十萬元的有錢人？的確不易理解，如果真能想通，人生會變得相對簡單的。

人生不過是加加減減的數學題，十減八是二，五減三也是二，但想擁有十萬月薪，可能得多付出一倍時間，少一倍悠閒，你真要嗎？

如果能多一倍時間，也許還能走在百年教堂，聽那清脆悅耳的鐘聲，或者坐在小舟，聽那呼櫓聲，沿著河畔而建的古堡建築散步，穿過市區斑斕的小橋，閃過垂柳，在月光下歸來。

「讓一分，風平浪靜；退一步，海闊天空」，這種知足的妙境，我漸漸能懂得了，就如同一個空空的杯子，看起來沒有東西，但卻具有可以裝滿東西的空間吧。

別多想了，人生只是長度，八十歲，大約只值四千一百六十周，二萬九千二百天，七十多萬小時，活得真實比活得富有美好太多了。

年輕時「不夠不夠」的心態最好早一刻改成「夠了」、「算了」。

不懂！

那也無所謂，一定會懂的，但別遲到太久了。

私房話

貧窮要一點東西，奢侈要很多東西，慾望要所有東西。

——考利

第13封信
合作

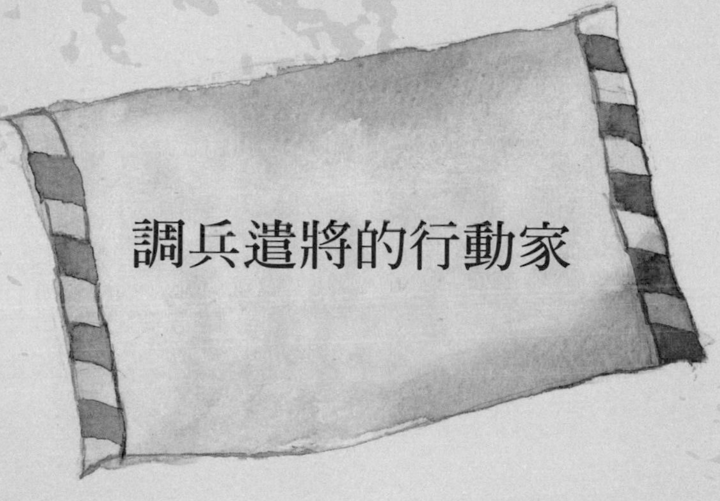

調兵遣將的行動家

如果你想等組一家公司，預備招兵買馬，找尋新成員，你會錄用擅長單打獨鬥的游擊隊尖兵？或者懂得人際溝通擅長團體作戰的人？除非公司營業的性質很特別，需要個人業績，或者詐騙集團的車手，否則合作應該比起單打獨鬥好用。

二〇一四年NBA季後賽開打之初我分析林書豪所屬的火箭隊，與某些球評的觀點並不相同，我不看好它，主因是隊中有個大鬍子哈登，數據表明他是大將，但卻是不合作主義者，虛擲浪投陷球隊於風險，當他的命中率與全隊命中率差不多時，火箭會贏，但若低於數據則會輸，表示這個球隊的成敗命懸一人，太過危險了，果真季後賽失準的他，將球隊送上斷頭台，輸掉首輪。我是這樣算的如果投一百球能中五十球，便可得一百分，如果其他球員只能投六十球，命中率五成得的六十分，其他四十球由他執行，但命中率只有三成五時，只得了二十八分，總得分相差十二分，在分分計較的季後賽這便是決定性的關鍵，勝負的旋轉門了。

想奪取年度總冠軍不能只靠得分手，防守、助攻與籃板球同等重要，一支好的球隊防守就是攻擊，做到有效攻防轉換才是優質球隊，懂得分球才是以球隊為重的無私好球員，成功不必在我，但卻能創造出最好的得分契機，成為贏球的竅門。

組織後衛也許不是球隊最會得分的人，卻是球隊的靈魂人物，用智慧打球，可以把有如散沙的隊型盤活！

利人更利己

美國一位華裔企業家年年把公司盈餘的百分之八、九十分給員工，當做獎金，記者非常不解，多數商人把利益放進口袋裡，他為何沒這樣子做？「他們不是我的員工，而是夥伴。」答案鮮明很有個人風格，事後證明他是對的，這些合夥人不只賣力工作，而且任勞任怨，老闆看似利人的舉動，其實也是利己的。

老家宜蘭員山是一個務農的寧靜小鎮，平凡且沒有什麼特別的，有一口略帶鹽味的溫泉，長年保持在四十二攝氏溫，冬天東北季風增強，夾帶絲絲的雨，刺骨的滲入時，泡在其中特別感覺舒服，據說它是全世界目前發現唯二的鹽味溫泉之一，村子位在第一公墓附近，經常嗩吶聲喧嘩，它不是福氣，而是福地。

肉是節日才有的奢侈品，中元普渡爐主殺豬公，祭拜結束會分大豬公肉，人人有份，那是村裡的開心時刻。

魚在我的童年裡偷偷藏了美好與傷感的記憶，牠也是年節才有福可享的佳餚，請客用的，客人先吃，我與弟弟常在門簾後眼巴巴盼著，希望客人「嘴」下留情，可是多半被一掃而空，只留魚頭與魚尾尚有剩肉，但一樣是美食。

如果真想吃魚，就得自己到河裡捉捕或者溪邊垂釣了，我們幾個小孩子會利用夜裡「放棍」，專門釣夜行性的魚類，如鯰魚、鱸鰻，隔日一早收獲，通常都有績效，數量多一點，便分贈鄰居，共食一頓，而他們也會回贈自種的蔬菜水果，分食創造了共利。

鄉下喜慶宴會所使用的桌椅碗盤皆是家家戶戶湊來的，你家的桌子，我家的筷子，他家的盤子，便成了嫁娶時宴客用的道具，結束後一一認領回家，人情味十足；後來我家成立了宜蘭第一家「碗盤出租中心」，年節期間村民常向我家租借，如果是婚宴喜慶要付租金，但年節租借幾組碗盤，父親便堅持不收費用的。

每個人的家都可能是農忙時的托育中心，我家收割稻子孩子就放你家，你家採花生孩子就放我家，這些相互幫忙都被記錄下來，對方需要人手時，我們便去還工了。人情味，我一直記著，沒有淡去，但是現實的社會卻早早化去了，城市裡更見淡薄，完全了無痕跡了。

美國心理學的街頭實驗確實證明，人情味的社會確實因為文明，過度的科技化，變得很虛擬了，人與人之間的關係嚴重剝離，強大的疏離感入侵，事不關己成了一種新興勢力。

研究者在熙來攘往的紐約街頭佯裝路倒，居然連一個人都沒出來答理，任由那個人呻吟哀嚎；大陸福建出現一個婦人被一家六口狠揍致死，賣場中全是人卻無人挺身相救，簡直匪夷所思；台灣也是如此，一位騎機車的婦人被高速汽車撞傷，倒地不起，鮮血從口鼻直冒，她爬起又倒下，當時在現場有二十三位路人，沒有人伸出援手，家屬難過掉淚：「這是什麼社會？」

重拾友善社會

冷漠的問題必須克服，有些社區自動自發成立巡守隊，守護夜歸婦女的安全；下雨天，有人在醒目的位置上放了幾把良心傘，讓忘了帶傘的人不至於淋雨回家。

新北市的花園新城由一群有心的藝文界住戶發行過「花券」，本質是「換工」，我幫你蓋房子五天，你便替我割草償還，我家收割稻子欠人手，你幫了七天，你家採收西瓜的旺季，我便一天一天奉還，花券大約也是如此吧，我教你數學，你教我英文，我傳授你麵包製作的私房魔法，你便要教我如何熬製一鍋尚好的牛肉湯頭，這些構想延伸下來，易物市集也是可行的，我不用的是你的需要就可以兌換了。

我與一群好朋友依自己的能力出資五千、一萬，最大的一筆五萬元，總數大約十萬元的「善念基金」，用來宅配童書繪本到偏鄉的山地部落。

我相信，散沙是不會有力量的，合作才是希望！

羅曼・羅蘭相信：「善行不是一種學問，而是行動！」

這座舞台，未來屬於你們的，請提早想想如何建立一個友善且合作的群體。

私房話

乍看之下是利益別人的舉措，反而更容易迴向利益到自己。

第14封信

生態

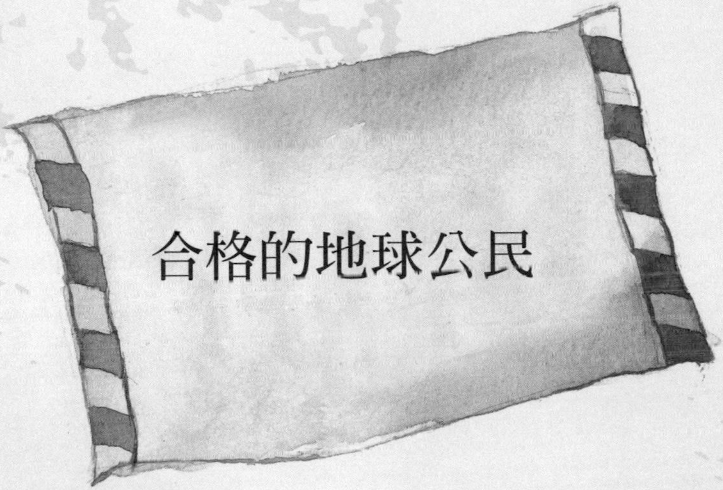

我讀過一篇有趣的文章，把地球形容成樂團，人扮演指揮，鳥是歌手，熊是鼓手，草蟲吹了小號，各司其職，缺一不可，成就了渾然天成的天籟，但有一天，黑管不見了，大號沒有吹奏者，鋼琴的鍵盤聲不見了，天籟因而五音不全。

以「人」為中心建構的知識，往往忽略人只是生態之一，不是唯一，所有的物種，風雨雷電，風花雪月，集合起來的才是曼妙世界，少了它們，人根本不可能獨活太久。

疼惜才是王道，我們卻反過來破壞，地球危機，無一不是人類自己造成的。

我看過一位國外文學家書寫的北極熊搬家的兒童故事，提醒我們花了四十六億年才平衡穩定下來的地球真的岌岌可危了，故事大意是說：

北極圈的冰凍層融化加速，長期住在那裡的北極熊不得不搬家！

熊媽媽帶著剛生下來沒多久的小熊移居一座大島，不到三年，大島漸漸融成了小島，牠不得不收拾起行囊再度帶著小熊搬家了，這一次只住一年，又得選擇新的棲地了，島愈來愈小，家只剩立錐之地，三個月後，再度搬家了，小北極熊終於忍不住問熊媽媽：「這一次我們可以住多久啊？」

「一個月吧，可能更短！」

地球在人類的大肆破壞之下，以光的速度啟動走向滅絕，「末日來臨」是指日可待的。

文明不要是悲歌

考古學家調查有了驚人發現，非洲的加蓬共和國挖掘出來的鈾有使用過的跡象，年代是二十億年前；與那國島海底有座百萬年前留下的古城；真的嗎？如是，可能來自前一個文明，為什麼消失？戰爭吧，起因是人的貪婪、私心與慾望。

文明原來可能瞬間毀了文明！

核災是快速的滅亡方式，那麼我們還需要核能嗎？有人問：沒有核能，生活怎麼辦？這是金錢主義的思考，把能源與經濟綁在一塊，事實上，沒有光的夜晚，才會有星星，會不會更美！

沒有核能，何不考慮綠能？風力發電、水力發電、海潮發電……，我們生產的「太陽能板」獨步全球，德國是我們的消費大國，我們卻回過頭來讚佩他們的綠能，真是怪事。

無止盡的開發，早被證明是地球走向滅亡的主因之一，歐洲因而改弦易轍利用美景生財，觀光成為國家經濟主軸之一，我們何以仍把建築業當做龍頭產業？官商勾結或是主因，其中藏的是利慾薰心，綠地變華廈，財團得了財富，我們失去美景。

書寫本書的同時，五百億北宜火車截彎取直案正端上台面，最終只快了二十分鐘，代價不止深不見底的錢，還可能再度挖破一座地下湧泉，終年流淌，直到水源乾涸，萬一噩夢成真便再也回不去了。

他們是無知者？或是貪婪者？這些人真的不知世界流行「慢」了，幹嘛依舊貪快。

台灣其實不大，不必綿密的公路網，縣市裡根本不必再多一條聯外道，如果因而致使總數量只剩三百到六百隻的「石虎棲息地」，就此消失就更不值了，中華白海豚是世界珍稀動物，需要的生存空間應該由動物決定，不是人類，我們蠢到自以為是這些生物會明白風險自動改道？

這些人想的真的是生態環保，或者工程背後的利潤？

反觀福建廈門的翔安海底隧道跨海成功，保留白海豚的最後一塊棲地，這才是非常善意的人文思考。

貪婪，很容易使動物成了牆上的一張壁紙！

如果如是，我寧可貪婪者成為牆上瀕臨絕種的表列。

留一座淨土

森林本如母親的子宮，具有療癒心靈的效果，綠意盎然的青翠山林可以解壓百分之七十，反觀有如狗皮藥膏的地景，只會增壓吧。

森林能吸附淨化空氣的灰塵，效率高達百分之三十七到六十，還能調節溫度，少了森林守護，溫室效應是難以避免的。

沒有氧氣，人難以生存，一公頃的闊葉林可以釋放零點七三噸的氧，它還是很好

的殺菌機，釋放的化學物質具有一秒鐘殺菌的神奇功能，很強的噪音吸收機，寬約四十米的林帶可以有效吸收百分之十到十五的噪音。

日本醫學家研究「百歲人瑞村」裡的井水，發現這些經由森林淨化，沖刷岩層中的離子，進入了井中的礦泉水，富含「微量元素」，是天然的保健品。

這麼說來，樹是守護神，貪婪者卻視為無物，幾分鐘便可以放倒一棵樹，但百年千年方可長成相同的樹種，山老鼠得款幾百萬，但它實際上益於人類的價值卻值五百萬美金以上，甚至無法量化。

森林被砍伐，不單單是一片樹木消失，附帶給人們的美好功用也跟著不見了，連帶效應，原本棲息的生物被迫搬家，生物鏈失衡，有些生物因而滅絕，有些動物則從高海拔下降到低海拔覓食，甚至侵入民宅。

更可怕的是那些塵封多年，與人類河水不犯井水，毫無瓜葛的細菌，從涇渭分明隱密之所，被迫潛進到了文明世界與人交會，這些被世衛組織命名為超級細菌，多數藥石罔效，致命率超高，細菌二億種，專家可以對抗的只有三百種，少得可憐。

紀沃諾的《種樹的男人》給了我們一些反思，合格的「地球公民」，除了自己要活下去之外，請一起想想，如何讓這群與我們一起生存在同一塊土地的生物，也有美好的生存權，這是責任。

私房話

一心只想擁有富可敵國的財富這件事，在我們是陷阱，在別人是誘惑。

——科爾屯

第15封信

正義

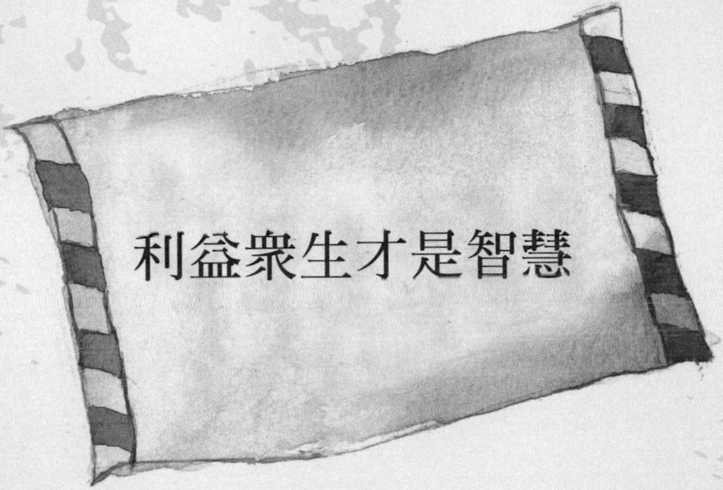

這是幾百年前清朝初年的故事，現在想起來仍有餘溫，名將多爾袞帶兵入關，滿族大量湧入北京城，為安置諸王、勳臣、解決八旗官兵生計，列土分茅、豢養旗人，除了佔領明代皇莊及無主土地以外，順治元年十一月頒布「圈地令」，大量占有民有田地，欺壓漢人，敢違者按律治罪。

多爾袞憑藉攝政便利，冀東肥沃之地多流入正白旗之手，圈地後，農民田地被占，只得流離失所，部分地主到八旗莊園為奴，或流亡他鄉，一時之間造成大量流民、乞丐。

政府圈地是明的，一紙命令，王爺有樣學樣，也來圈地，那是暗的，弄得民不聊生，直到康熙大帝明令禁止。

現在還有人圈地嗎？不！改名了，它叫「徵收」，有特別用途時，你的地就是國家的地，給一點錢就得奉獻出來，我家被徵收兩次，竹筍園因而沒有了，變成了防洪的隄防，這算好事，至少親眼見證了它對城市的貢獻，另一次是果園變成國軍的靶場，我們簽了同意書，錢發了，後反悔，再把錢退了回去，這兩次都算光明磊落，沒什麼虧心的事跡。

但苗栗的某些聯外道的興建怎麼都覺得怪怪的，為什麼要幫幾戶人家蓋一條大道，便沒收農民幾代傳下來的幾畝良田，即使稻子快收成了也一刻不得緩，連稻帶田用怪手給翻了過來，這看來就不是幹好事的。一棟房子前後被徵收四次，也是怪事，東牆不見了，拆西牆，最後只剩幾坪大，老爺爺哭訴陳情，看來沒多大用處，沒有田的婆婆氣死，沒有屋的爺爺飲農藥死了。

如果一個政府不懂什麼是正義，將是大悲劇！

「土地正義」本來是不難的，我不知道難在哪裡？一坪換一坪肯定沒事，保證皆大歡喜，或者用行情價徵收，少了這些正義的手段，清朝的圈地保證在廿一世紀復活。

抗爭的底線

新一代的正義者喜歡主張「公民不服從」，認為部分法律、行政指令是不合時

宜，拒絕遵守政府或強權的若干法律、要求或命令，用非暴力的抗議或者運動集會的形式達到訴求的策略；但他們可能沒有想過，有一天當你有權力，別人也用同樣的主張時，接不接受？

我知道不合作主義者的先驅之一或是「竹林七賢」，他們的思想傾向未必完全相同，但方法一致。

嵇康、阮籍、劉伶、阮咸始終主張老莊之學，「越名教而任自然」，山濤、王戎則好老莊而雜以儒術，向秀則主張名教與自然合一。他們在生活上不拘禮法，清靜無為，聚眾在竹林喝酒，縱歌。

作品揭露和諷刺司馬朝廷的虛偽，下場淒慘的，嵇康被殺害，阮籍假裝瘋了，其餘的人繼續不合作。

最常被提及的始祖輩人物是《湖濱散記》的作者亨利・梭羅，引述的是寫於一八四九年的短文《論公民的不服從》：提倡依靠自己，並認為面對不公，不一定要訴諸暴力，可以採取不支持、甚至抵制的作法。他曾因而拒絕納稅，用以作為對美國奴隸制度、美墨戰爭的一種抗議手段，最後願賭服輸鋃鐺入獄。

最知名的公民不合作主義的實踐者是印度的聖雄甘地，他主張脫離大英帝國獨立，堅持真理，創造「非暴力不合作主義」精神信念，集結了印度人民的意志，在一九四七年脫離大英帝國；他的理念深刻影響了全世界爭取和平革命的人們，運用絕食、抗議等非暴力方式爭取權利。

曼德拉便是被影響的人之一，他是南非著名的反種族隔離革命家、政治家和慈善家，人們也視他為南非的國父，曼德拉領導反種族隔離運動時，南非法院曾判處他「密謀推翻政府」等罪名，前後服刑二十七年半，十八年在羅本島度過，一九九四年當選南非總統，他在任內致力於廢除種族隔離制度和實現種族和解，消除貧困和不公。

這些人有效採行公民不合作主義，而且成果卓著，主因是「沒有私心」，正義的事因而變更正義了，如果有了私心，這樣的運動是很容易變調的，袁世凱便是最好的例子，從保皇黨到革命家，擁抱權力之後便成了野心家！

群眾運動往往不可能是一場設計完美的方程式，閃失難免，這不是重點，更必要的是事後處理，那才是氣度。

有味的同理心

我來說一個關於同理心的故事，你來想想還有多少人有：

Topbear的創辦人，開設這家有意思的旅行社源於一趟旅行的感觸，同一團裡有一位行動不方便的殘障者，與他們一樣繳相等團費，卻玩得不一樣，同團的人上山旅行，殘障者在山下等待，他設身處地站在對方的立場設想，開了一家藏滿愛的旅行社，立刻贏來口碑。

以耳傳耳，網頁一登出行程便銷售一空了，他在經驗分享中提到，原來用「同理心」替人著想，做出口碑，反而才是最好的行銷。

這個故事也許與正義無涉，但旨在告訴你將心比心的重要性。

如果少了同理心，正義就未必是對的事！

即使是做對的事卻侵犯了對的人，也算不上是正義；正義如果沒有界線，脫離規範，如馬沒有韁繩，那就是脫韁野馬了。

泰國的紅黃衫軍輪流對抗，國家陷在「永無寧日」的爭執之中，我看見衝突，未看見正義，看見私心，沒有公義。

社會抗爭會影響其他人作息的，為達目的不擇手段，附近的居民肯定捉狂，他們高喊「臨界點」，天天吃「安眠藥」，眼睛「布滿血絲」，沒有一夜好眠，抗議者的正義在這些人眼中是多麼不正義的事，誰聽見這些心聲？

我學習的是臨床心理學，很容易明白話裡的苦澀，一個月裡有一個星期至少兩次睡眠困擾已是障礙了，一連二十四天，整晚盯著天花板難以成眠則是酷刑，健忘、工作效率變差是一般狀況，嚴重時會精神不振、注意力不集中、記憶力減退，脾氣變得暴躁、出現攻擊性行為，最後將導致免疫力下降，產生器質性疾病。

正義者最好兼備一顆柔軟心，抗爭結束後應該登門向當地的住戶道歉，但可能會被指著鼻子痛罵一頓，先想想如何謙遜以對？

正義未必都對，也許有錯，如果來得及發現，請道歉，那才是風骨。

正義越過法律這條界線時，侵犯到別人的民主、法治與自由人權時便是違法，請承擔。

正義的標準應該是客觀的、理性的與和平的，這是我在公民不服從運動的先知者身上覺察得到的，千萬別把自以為是的觀點強加在他人身上，正義非某一個人的專利品，這樣的思維會離真實的正義更遠，民主歷程確實需要進步的力量，群眾的公民運動是其一，但務必時時提醒自己：莫忘初心。

私房話

道歉不是認錯，而是反省，進而領悟。

第16封信 民主

尋找更友善的實踐

我是政治的門外漢，但胡適認定的「法治是民主的底限」，我反思再三卻是深信不疑的。

代議制度算是民主的源起，它來自十三世紀的英國，剛開始頂多算是國王的橡皮圖章，只討論國王徵收賦稅問題，隨著時間演變才擴大到立法。

君主專制被推翻之後，代議制度逐漸完善，大約是第二次世界大戰以後的事了，代議制逐漸被西方社會廣泛採納。

「代議」的原意是一個人代表一個特定族群的人參與，只是這套制度施行到後來，用來代表議事的少了，代表貪汙謀利的人多了，權勢使人開始周旋在利益團體之間，白手套、黑手套，關說、行賄，失望的人民用低投票率抵制，以採用登記制度的美國為例，選前登記為選民的，只有百分之九或更少的百分之六，顯見民眾的內心有多麼不滿。

代議的「代」字所代表的意義便完全被稀釋打折了，號稱民主先進的大國：美國同樣因為民主共合兩黨的紛爭杯葛，許多重大法案幾乎停擺。

儘管美國國會少有發生打架、霸占主席台的事，但議事效率依舊非常低落，也是民眾詬病的。

民主兩字本該有兩條鮮明軸線：自由與經濟。

自由主義的思潮潛進人的心靈世界裡，帶來了百家爭鳴的氛圍，每個人都是獨立個體，有自己的想法與意見，急於表達，不同意見的人用不停的衝撞，產生火花，取得之間的妥協與平衡，其實未必是壞事，但必須守住底線，越過了便是所謂的「破窗理論」了，意指這些違法衝撞的動能持續出現，沒有處理，就會產生倣效作用，最後破窗而出，嚴重便是暴動、革命了。

比方說，有個人在空地上扔上一包垃圾，第二天就會有人模仿跟著扔，不出幾天，便形成一座垃圾山了；暴動後的掠奪也是如是，有間超市被搶，就會有第二間、第三間，以至於全區的超市都會被「破窗而入」，大肆搶劫了。

柔軟力量更大

社會運動很難拿捏之處在於，越過了紅線變一發不可收拾，付出極大的社會成本，涇渭分明的底線是必要的，無論是誰，踩了它，就必須用制度使之還原歸位。

「柄谷行人」這個名字我邂逅不久，不知無妨，多找一些書來讀即可，我因而明白他的主張，有人把他形容成左翼批判理論家，革命行動實踐者，我認為他比較接近思想家。

柄谷行人鼓吹行動改變世界，小蝦米可以對抗大鯊魚，他的行動指的是「參與」，不是「革命」，主張社會上每一個人，不管願不願意，都被迫的站在世界洪流之中，個體和社群可以結合產生力量，例如消費者用鈔票投票，對商品、企業行使罷免；區域性的生產和消費可以團結互利，對抗大財團資本怪獸，這些具體提案都可成為現代人對抗洪流的生活變革之道。

和平、非暴力是柄谷行人的基調，這的確兩難，但他深知真正暴力是無法解決問

WE FINALLY WORKED OUT

題的：「不要衝太遠、太快，衝進了武裝，力量一定會被消滅。」

很多文學家也醉心於社會運動，但多數選擇用筆，相信筆力萬鈞，寫《百年孤寂》的馬奎斯如是，熱心婦運的諾貝爾文學獎得主萊斯也是，他們都選擇了和平方式，包容反而可以集合眾力，一起經營出更能「永續經營這個社會的理論」，權利與義務是一種互相關係，做為一個領頭者，不可只有蠻力，更要「以理服人」，而且懂得實踐。

民主制度絕不是最好的制度，但在沒有更好的方略之前，它依舊比其他的制度好那麼一點點，吵吵鬧鬧，爭執老半天，毫無建言，或者建言只是私心或者不成熟的論調，讓民主與獨裁住在隔壁而已，這樣的發聲，意義就不大了。

柄谷行人接近理性的實踐家與說服者，他讓自己沉澱寫出著作，早年孫中山先生從事革命時，也是同時不忘寫作，這有兩種意義，一是讓思想反芻成形，二是讓論述有據。

民主實施至今，看來還差一里路，不僅欠缺制衡力量，還有同流合汙之嫌，這是教育之過，我們只教考試，忘了思辨，只有成績，少了格局，有了格局，又缺一點態度，我們的民主素養的確還有待提升，這必須先從包容別人的主張開始，不要一味認定自己是對，別人全錯，這樣是「偏執」，連對話的空間都無，要求制度改變就更是不易啊！

民主，必須是漸進的，不差三年五年了，有了厚度自然會有高度，請你一塊參與思考，讓這套開始令人憂心的代議式民主制度，得到更好的修訂！

思考另一種可能

民主的另一個議題是經濟，資本主義的必然之惡已經昭然若揭了，百分之一的富人，利用且犧牲了百分九十九的常民百姓的生計，耕者有其田與住者有其屋幾成夢魘，宜蘭的農田裡種的不再只有作物，還有農舍，一棟棟佇立在青翠的稻田中央，突兀且令人傷感，有一天，萬一米糧真的不夠了，也許我們才會想到稻田的重要性，土地與人基本上是一樣，適才適所才是關鍵，良田不種稻，受害的絕對是人類自己，尤其是在生育率銳減的年代，人口愈來愈少，房子卻反其道愈蓋愈多，不也怪哉？

房子是「住」的，怎會拿來「炒」？合宜住宅的本意是讓青年有其住，怎會被大財團相中，大軍搶進，大興土木，顯然有利可圖？如果你是主其事者該如何防範？只租不售，也許可以防止一些弊端！

作物價格的漲跌似乎實際的生產量無關，與氣候變化無關，但與人為操控有關，如果你發現這是問題，應該努力讓小農們覺醒，「小農經濟」就是這樣來的，網路直銷破除一部分的剝削，「主婦聯盟」的共購制度則是非常成功的範例，創造與實現自己的非資本主義式的經濟體系。

以色列的「共同屯墾制」值得參考，稱得上是「人民公社」，但改良得比共產主義好很多，成年成員都必須工作，來換取生活所需，基本上財產共有，不論工作，薪資一律平等。

這個構思接近〈禮運大同篇〉、陶淵明的〈桃花源〉，或者柏拉圖的〈理想國〉、莫爾的〈烏托邦〉、康帕內拉的〈太陽城〉與培根的〈新亞特蘭提斯〉，設想建立一個平等、互助、公平、共產、沒有剝削，而且福利制度完善的生活方式，夢想成真。

奇布茲沒有「失業」，而且職業不分貴賤，每個人所獲得的報酬都相同，每年的「零用金」，足夠去歐洲旅遊。

居民使用公共設施，享用水電、房屋裝修、學費、醫療，食衣住行育樂原則上都不需額外付錢；看來社會主義的生活，並不代表落後與貧窮，奇布茲從基本的餐廳、禮堂、圖書館，到游泳池、網球場、醫院等應有盡有，三餐任意享用，生活品質完全不輸「外面」的資本主義社會，他們歡迎有志一同的人自由進出。

奇布茲用他們的方式改革資本主義，如此看來，社會的問題，可能不是制度？而是私心！

民主制度實行這麼多年了，有愈來愈差的趨勢，但一直沒有好的解決方案，你也可以一塊想想，替人類的未來設想出更美的桃花源。

私房話

包容相異，才可能找著相同，創造雙贏。

第17封信 媒體

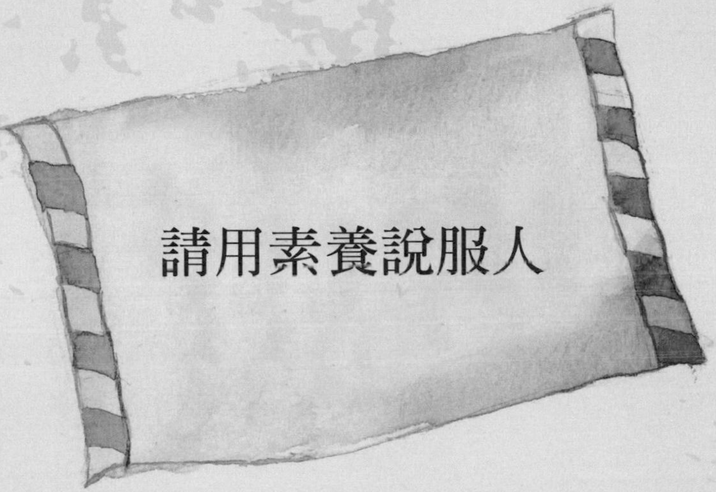

請用素養說服人

媒體的責任與義務，我揣度再三，終於有了一點小小的見解，它不止是新聞，還應該是領航員！

我以作家為例，作品是作家書寫的心血結晶，被人讚許是期待之事，但寫作不該為了出名，而是出色，文中載了道，舉棋擺譜間注入哲思，一如明朝大儒鹿善繼所言：「讀有字書，要識無字理」，那才是寫作者真正的功德。

表演家方芳說，藝人不是「開著口講渾話」的人，隨隨便便就能上得了台，必須有料，說、學、逗、唱樣樣在行，媒體應該有相等的堅持與使命才是，至少站在傳播智慧的高點上給人提點，無論是電視台本身、製作人、主持人、來賓都必須具備一定才華，有其高度，解人迷思，胡言亂語，唯恐天下不亂是不成的，那非媒體，只怕更接近菜市場了。

台灣是一座小小島嶼，卻擁有全世界密度最高的電視台，量多質必定不精，看電視的基本要求是娛樂，但連它可能都很難得，多數人都在玩遙控器，新聞節目幾乎雷同，腥羶色成了主調，國際新聞、科技新聞，環保新聞全缺，爭議性極高的核能問題，只見烽火滿天的爭論，少了「替代能源高峰會」這類的實質建言。

你還看電視嗎？

我建議把時間改用來看書可能獲得的知識更勝一籌。

一九八〇年英國引領媒體識讀風潮，希望公民都有一定的判斷力、價值觀與創造力，擁有厚實的文化底蘊，具備看得懂新聞且有能耐針砭，這樣的能力看來已到了非常必要的時刻了。

CNN這樣評價：「台灣的新聞沒有新聞，媒體與名嘴是兩大亂源！」

新聞不是新聞是很可悲的事，表示它不具有媒體的深度與高度，欠缺人文素養與文化底氣，它是路邊攤，不是米其林佳餚，結論確實讓人洩氣。

我曾在媒體服務多年，懷抱責任與使命，而今卻變質了，仇視詆譭、謾罵叫囂、斷章取義、移花接木、挑撥造謠、粗暴指控、誣衊辱人等等取代了一切。

我很難相信，這些新聞與政論性節目是從一個受過嚴格正規媒體教育訓練出來的人之手嗎？

BREAKING NEWS
VIOLENCE BETWEEN DOGS&CATS

葛拉威的作品《異數》很有味道且非常迷人，他舉例說明那些被稱做傑出人士的人，都具備了一萬小時以上的專業培育，這樣方可具有一定程度，透析分明問題的能耐，成為厲害的角色，如果你希望自己是這樣的人，請騰出一萬小時。

一萬小時的時間可以使那些原先非科班出身的人，化成有料，我原本假設媒體至少應該如是吧，在圈子裡混跡多年了，理論該有足夠的「媒體素養」了，可惜我猜錯了，他們甚至缺乏「新聞良知」！

責任是一種信仰

如果有一天，你成了媒體人，請務必把「責任」加到信仰之中。

製作人的責任是製播出一個動人，且影響深遠的節目，這是基本信仰，值得信奉一生；我在ＮＣＣ還是廣電基金會的年代，有很長一段時間被聘為審查國外合宜兒童片的評審，大量觀賞德法的公視節目，常常感動莫名，很些節目單單一集便花了大約一、兩年的時間拍攝，才剪輯出半小時。

一棟老屋的一根老橫樑卸下來那個畫面，事過多年我依舊動容，他們從那一刻開始拍攝，運抵工藝大師的工作室，主持人間而與大師談創作理念，最後木頭成了一把音質極佳的小提琴，三十分鐘的節日，彷彿魔術一般讓人微醺，醉在其中，沉思不已，無可否認，不可挑剔的，這是一個優質的節目製作。

你可能是主持人，很多優秀的國內外主持人可以做為標竿，「高度」與「發言權」是必備的兩項要素，分寸濃淡拿捏合度，沒有激情，只有理性，能引用龐大的資訊與國內外的研究佐證，很多議題他本是專家，但懂得跳出這個角度，單純扮演主持人是極有難度的，很多主持人經常會越過線化身來賓，加入自己的意見與信仰，很容易淪為公審大會。

如果有一天你成了名人，或者別人口中的名嘴，請謹言慎行，水能載舟，也能覆舟，這個名號若非才華得來，很容易被徵收回去，解決之策是「自我充實」，借用製播單位的資料混一口飯吃的「假名人」，一定是「空心樹」，很容易被看破手腳的，請一併學會善用自己的公信力，讓話語權擲地有聲，名人不是去領一集三千元的通告費，還胡謅領一萬元的說謊家，因而賤賣自己的信用，這樣就太過廉價了。

如果有人請你拍廣告，請讓「良知」相隨，只因費用而忽視道德，販售的產品可能會坑害人，明明是麵粉製作，被說成抗老聖品，產權不清的房子被你賣成業績長紅，那是罪過。

廣告之所以迷人，是因為它有「月暈效果」，這個觀念由美國著名心理學家愛德華・桑戴克於二十世紀二〇年代提出的，簡單易解的說法便叫「障眼法」，黑的變成白的，馬上變瘦，立刻就好，怎麼聽都像是騙術；開運杯，招財鼠本來應該是神棍的技倆，但你站在一旁就很有說服力了，觀眾紛紛掏錢，你便是幫凶。

如果你是記者，請花一點時間讓自己成為某條採訪路線上的專家，美國的新聞記者是以這個位階自許的，新聞的專業度是你該追尋的，因為專業能累積更多公信力，論述的道理必須連真的專家都服氣三分才行。

記者兩字我是有定義的：記錄傳真歷史的人！

更重要的，還要具備了正義感！

千萬別為財團服務，為政黨效力，說出惑眾的妖言，這樣會毀去你好不容易建構出來的信譽；你本該是眾人皆「醉」獨「醒」之人，請勿「宿醉」或用話術把人灌醉了。

具有正義感的你應該更像偵探，尼克森的「水門事件」是《華聖頓郵報》的記者跟蹤採訪抖出內幕的，期待有更多專門替手無寸鐵的人民把關，打抱不平的查出塑化劑事件、混油事件、病死雞的流向、防腐劑的內情、硼砂蝦、二氧化硫海鮮的記者，這個世界還有很多不公不義的事，需要喬裝成蝙蝠俠或者蜘蛛人的正義使者。

有一段時日了，我經常爬上高地，站在居家附近的仙跡岩的置高點上思考意義兩個字。

媒體是手握利器，藏有魔法之人，如果正義隨身，這個社會的進步將如虎添翼，往良善的方向前進，反之，便與正義漸行漸遠，必將邪惡。

請花一點工夫想一想上述的話，並且思考：

人生之中到底是錢值錢？

還是良知？

私房話

使用雙手的是勞工，使用雙手和頭腦的是藝術家，如果再加上心靈則是智者了。

第18封信

政治家

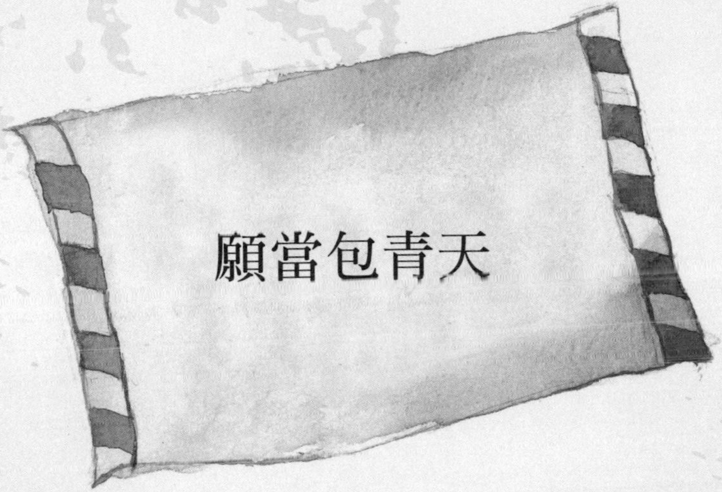

傳說中的包青天：「包拯」是個二品官，不是一品大員，但卻享有千年盛名，靠的不是官銜，而是清譽，一九九九年包公祠被迫拆遷，連同他的墳也不得不搶救式挖掘，出土一方墓誌銘，洋洋灑灑三千餘字，比宋史中的「包拯傳」多出三倍文字，詳實敘述了包公的一生，大約與人們認知的無異，墓誌銘的開頭說他是「勁正之臣」，而今讀來更是悵然。

對很多人來說，成就一詞意謂著擁有一座可以揮灑的「舞台」，但並非所有人都可以演得絕色出眾，如果有一天，你有機會站在萬人取一的舞台上，有權有勢，請把包青天的精神一併帶上，做一個斷案如神，清白如鏡的好官，台下的人才會有福。

政治我才疏學淺只能分出兩組人：政治家與政客！

多數人可能都是政客，他們相信：「國家愈亂，獲利愈多」，如果你也這樣相信，就該懷疑自己具有政客的潛力了。

誰是政治家呢？

美國心理學家通過研究發現一個我們不喜歡的事實，政治裡政客多如牛毛，政治家少得可憐！政治可能不是行業，而是一種性格，私心者的溫床，但你可以改變這則預言，參與了政治，自許為政治家，私心少一點，公益多一些；辭典裡很容易查到「公益」、「私心」這兩種詞彙，我猜它可能是政治家與政客之間最直接的差異了，政治家想的是人民，政客永遠先想自己。

如果你需要實例，容我來幫你介紹一個人：非洲之父「史懷哲」。

他不是政治家也不搞政治，但可以用來參考學習，當他是牧師時，看見貧病交加的非洲人，萌生憐惜，於是花了七年時間學成醫學，從此在蠻荒之地行醫救人，餘暇彈奏巴哈，讀歌德，領悟出生命真理，他說：「如果對生命的尊重不能及於其他一切生命，那就是不徹底。」

他的人格特質並不難懂：真誠的關懷他人、認真思考遇到的問題、切實實踐、永不妥協，這些全是公益的事，他甚至覺得利用財富勝過擁有財富，他的錢悉數用在非洲貧困的人民身上，包括一生之中的大多數時間，他是德裔美國人，卻長年住在非洲，終其一生，只離開過兩次。

政客應該不信這一套的！他們認定的是：「錢不止要多，而且要飽飽的。」這是政客的基本信條，一般人心知肚明的事，利益永遠占滿腦袋裡，加法可能不夠用吧，得用乘法，最怕的是最後連微積分都要端出來數鈔。

絆腳石的政客

政客的例子不難找著：

乾隆的寵臣和珅，清帝入關時住在北京西直門內驢肉胡同，驢肉咧？怪怪，彷彿有預感的，分明心裡想的正是啃人骨頭的事。

和珅擅權納賄，貪贓枉法，網羅親信，迫害異己，禍國殃民，造就自己一生的榮華富貴，但下場呢？我來複習一下，乾隆帝死後十五天，嘉慶帝便御賜一條白綾自盡了，富可敵國一夕湮滅，財產還不是成了遺產！還給了嘉慶帝。

民主真諦含藏著公平、正義與自由的，但被偷偷解釋成「自由奪取」，還說不得以的話「革命就是義務」，這話很熟悉，好像歷朝歷代的用語不盡相同，但大意是一樣的，革命常常只是一個時代噩夢的結束，卻是另一個時代噩夢的開始，其中還夾雜著一段長時間的生靈塗炭，之後偶爾有幾代盛朝，再來又是民不聊生，我很愚昧，怎麼讀著讀著，老覺得朝代的敗壞好像與皇帝的關係不大，但與奸惡的弄臣關係很大，弄臣有很多意思，但最貼近的一意就是政客了。

古代王朝皇帝最大，現在是民主時代，政客最大呀，否則開發案怎麼可能用喬的，喬來喬去，地主的祖先留了下來的一畝三分地全被喬得消失不見了，一旁的三合院老宅子也被喬成廢墟了，分到的補助金卻少得可憐，只夠買一套衛浴設備，政客還會裝成正義使者站出來狠狠罵句「官商勾結」，好笑，可能只因為這事沒有與他勾結，但下一件事，他們又勾結起來了。

很多老房子，佇立在那一塊土地逾百年了，美得不得了，怎麼看都是佳宅美屋，拆了一棟消失一棟，如此值得保留給子孫的古蹟，利慾薰心的他們照樣忍心聯合起來拆除它，一棟老房子拆了，就什麼也沒了，連同文化也不見了，這是建商幹的？嘿嘿嘿，別騙人了，沒有政客包庇，他們哪有通天本領。

1
2
ㄚ

就這樣良田變別墅，綠地成建地，連同參天的古木也連根拔除了，請問這是什麼邏輯？和珅彷彿從歷史裡活脫脫走了出來，一群「和珅們」張牙舞爪，讓台灣的「貪汙指數」在《國際透明組織》的調查中快速攀升，居然只略勝柬埔寨、孟加拉，與印尼同級，輸給惡名昭彰的菲律賓，這是一個我去旅行時可以公然伸手向我要美金的國度，我們都比他們還差？顯見問題有多嚴重，這份調查是否公正客觀是可以質疑的，但至少表示我們的清廉遠不及以往了，這才是悲劇。

這些共同創造貪汙指數的人，不費吹灰之力掠奪到的便宜，真的能享用一輩子嗎？

利人才是利己

沒有人可以置外於一個城市的，我們都是其中的一分子！

政客最惱人之處並非只有謀利，而是毫無底限的破壞，綠地是他們的肥羊，又名「財富」，公園因而消失，沼澤地不見了，池塘變身高級住宅，城市因而缺少樹，漸漸成了「沙漠」，人住在沙漠應該活不了多久？「都市沙漠」更嚇人，住久了會罹患精神病，成天瘋瘋癲癲。

政治的邏輯常常是匪夷所思的，黑與白不停換位，黑是白，白成黑，利潤決定一切；我在馬來西亞聽一位研究汙染整治的專家說，整治汙染其實不難，但「人心」難治，他說，汙染萬一不汙染了，利益就會不見了？多傳神的話呀！

汙染何時淪為政客的王道，如是真話？破壞也許也是政客的利益建設，愚公移山這個寓言故事，我原來以為它是一則故事，後來發現它是一種現象，指的不是一個人，而是一群人，他們全是愚公，移別人的山，高山變平地，丘陵蠶食變做豪宅別墅，一併帶來了山崩與土石流。

政客不是一時一地的產物，它可能是全世界的，馬來西亞美麗的金馬崙避暑盛地，過度開發年年水患，美國的「天坑」土地裂變，我們的高速公路崩山，表面上是天災，實是人禍，造禍者正是這些隱形的政客，可是我們不可以因為它的普遍性便只好縱容？

政客是一群人，政治家最多只有一個人，的確難為，加上很多利益鋪陳眼前，不同流合汙，多難啊，但人生一世，不會太長的，八十歲即是高壽，一百二十則屬妖怪了，要的不可能太多，實在不必多，有錢沒空花非財產，更接近遺產，要錢或者留名，請選擇？

如果有一天，你真能擁有權力，請先思考「權力的價值」，它能載舟，也能覆舟，利人與利己絕對不同，如果你能，請以全民之福是福。

莎士比亞說：「善良的心，等於黃金。」希望莎翁未做白日夢，而且講的是真心話！

私房話

養心的第一要務定是少慾，慾望少了，野心自然減少。

第19封信

知識分子

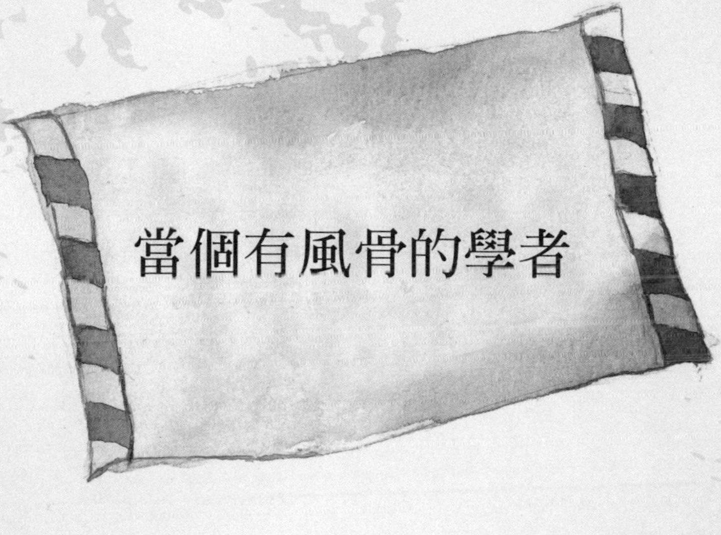

當個有風骨的學者

知識分子不是苦讀多年擁有學位的人，而是胸有丘豁，行為端正、有風骨且堅持理念的學問家，如果採行這樣的標準，李國修、朱銘、林懷民便是知識分子了。

知識分子在古代不在少數，典範垂手可得，而今卻很難找著，是世代變了，還是人心變了？

文天祥是讀書人應該無誤，宋元佑四年，西元一二五六年中了狀元，可惜生不逢時，須兼任武將一路保護皇帝南逃，在五坡嶺兵敗被俘，他有硬骨，忽必烈勸降不從，在元朝大都（現在的北京）就義。

二十年前我誤打誤撞拜訪就義處，窄小的三合院老房子，漆黑無光的穿堂，灑落過他忠肝義膽的血漬，我佇立良久，醉在歷史，想起他寫得滄涼悲壯的〈正氣歌〉與〈過零丁洋〉，陳詞激越，足以不朽。

他的知識分子元素是：忠。

翁同龢是狀元也是光緒帝的老師，明知道站在光緒這一邊與老佛爺對抗幾無勝算，但依舊堅定的相信維新才是救國大方，義不容辭銜命夜訪康有為，無懼生死，這是多令人動容的決定，人頭隨時落地，「義」讓他更像知識分子。

哲學大師梁漱溟不太可能完全不知對權傾一時的毛澤東有敵意的衝撞，堅持己見不妥協，可能會換來殺身之禍，但他依舊選擇講了真話，他有的是「不懼」。

梁啟超與康有為史書上的確有不同意見，但在晚清那個飄搖的年代，危言聳聽的論調隨時可能人頭落地，他們不選擇明哲保身反而侃侃而論，終至受迫流亡了日本，單單「大無畏」這一點就稱得上是知識分子了。

缺德就算不上知識分子了

讀書人不必然等於知識分子，除了未必真有學問之外，也有可能非有德之人，我可再舉一例：秦檜！

有人說他是狀元，我核查了一疊資料，狀元譜裡無他，但宋徽宗政和五年（一一一五年）他真中過進士，讀書人無誤，曾任太學學正，靖康之難被擄至金國，南歸出任兩任宰相，前後執政十九年，因力主對金求和，陷害名將岳飛而臭名昭著。

這算知識分子嗎？

名嘴可能是讀書人，或者讀過一些書，但稱不上是「知識分子」，用我的評量，少的是「公益之心」，他們能夠口沫橫飛，大放厥詞的針砭時勢，道天說地都難不了他們，雖然明眼人一看就知道後面有提詞的大字報，而今更進化到人人手上有一台平板了，可以隨時偷看答案，大言不慚的胡吹亂蓋，即使如此，敢如此放言高論也真是不太容易，多數人給他們的評價是知識「糞」子。

教授，卻從來沒有著書立說的，這些人在《知識分子論》作者薩依德的眼中是「特殊的」專業，集編輯、記者、政客及學術於一身的「偽知識分子」。

我是「作家」，寫了一百多本書，但是單單這樣是不足以被稱做知識分子的，如果僅僅「坐」在家裡，舞文弄墨一番，寫了一堆只有風雅的「字」，沒有內裡，最多是「坐」家吧，文字是死的，文字背後的精神才是活的，知識分子型作家作品的真實意義，必須文以載道，藏有哲理，言之有物，像個知識領航員，能夠「繼往聖之絕學，開萬世之太平」。

The Last Intellectual

威爾斯羅傑還替我們定義出知識分子人格上的基本輪廓：「講他所會，至於不會的，則懂得聽，並且做出歸納，給人良善建言的人。」

知識分子的必要

知識分子更需要這些元素：

「高度」：平視看物，難免有盲點，登高致遠，才有視野。

大學時期我喜歡爬上政大附近的貓空，在置高點上俯瞰台北市，美景如詩，後來戀上了石碇皇帝殿，站在標高五七三的界碑上，遠眺淡水河，景緻綿延到海，我猜這就是有野視的高度吧。

「厚度」：淺薄不厚實的想法，頂多是淺見，經不起時間的考驗；「說與聽」是兩回事，少了厚度的人好論理，但真正有學者更善長聽別人說，胸襟如海，能納百川，便是厚度了。

不可以執著己見，兼容並蓄更有寬度，因為每個人都有不同的理念與價值觀，必須懂得尊重別人，這一點更可貴。

「前瞻」：我當過出版社主編、總編與顧問等職，主導出版，印記最深的是思想百科，隨書附贈胡適的手跡書籤，其中一張寫著「大膽的假設，小心的求證」，他所提出治學嚴謹的理論，我至今受用。

「夢想」：王雲五主持的商務印書館，夢想把各類知識普及到每人手中，因而出版「萬有文庫」，合計三千種書，他宏觀告訴世人，普及知識不下於辦十所大學，這個夢造福極多的莘莘學子。

「良知」是把關者，知識分子若無良知，反而更像匪徒，從政策中謀圖私利，淪為財閥主義的幫凶，當知識分子變身貪婪者時，國家必亡。

知識分子和偽知識分子在此有了區別：

知識分子「知道做應該做的事」，載的是公益；偽知識分子只做「自己想做的事」，求的是功利。

真正的知識分子，不一定是才智內的、知識的、智慧的，而是才智外的、人格的、態度的，懂得妥協，像海綿一般能吸納異見，並從中找著可行的方法；擇善而固執，沒有私利，只有良知。

我理想中的知識分子不是什麼事都跑第一的參與者、攪拌器，而是冷靜者，是一位思想家，能提出真正解決之道的人，如果只是高聲吶喊，激情對立，滿口咆哮，毫無理性建言者，離知識分子可能仍有千里之遙吧。

沒有立場才是立場，否則一定藏有偏見，知識分子的立場只有一個，就是沒有立場；理論上是個改革者，替社會思考出更能運作順暢的方法，制定出更符合多數人利益與需求的想法，無論你如何界定孫中山先生，但他所提出的民生、民主、民權的想法，依舊是大哉問，著書立作，讓想法變成具體可行的方略，影響力更大，這才是知識分子的風骨。

私房話

知識可以得財富，但人品才是黃金。

第20封信

以史爲鑑

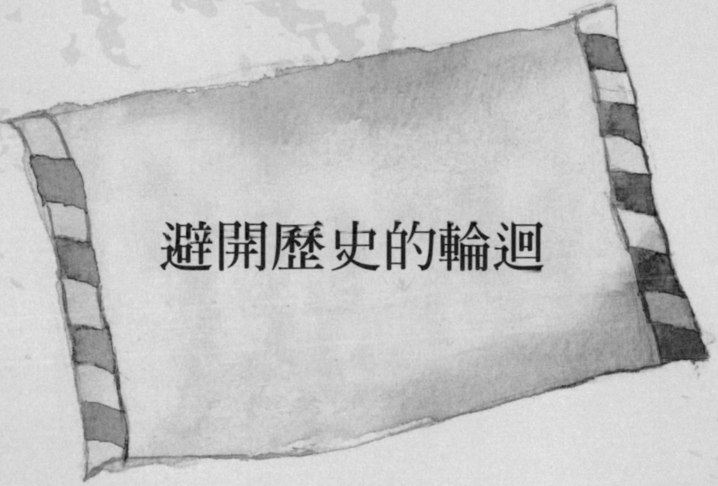

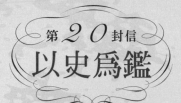

歷史是什麼？

根據我的理解是過去藏著的事實，當然也可能是杜撰的，但無論如何一定是過去的事，而且堆疊了許多零碎斷裂的資料，史學家叫它「史料」，讓現代的人從這些過往的遺存中得到許多有用的啟思。

我不是史學家，無力判定歷史記錄中的真假對錯，但明白其中玄機，很多戰爭可能並非一群好事者的群毆，有時只是兩個人，一左一右，一前一後，最多加上一些奸佞的搖旗吶喊者，便打造出來一場活生生的悲劇了。

「政爭」是引信，歷代都有「黨爭」，參與的人也沒有想像那麼多，源頭更是可笑，多半僅僅是公益與私利的拔河。

東漢靈帝時的黨錮之禍，唐代的牛李黨爭，宋朝的新舊黨爭，明朝的東林黨爭，表面上都是為了國家朝綱著想，變法維新，私底下全是明爭暗鬥，波濤洶湧的政爭，黨錮之爭起因於宦官專橫，朝政日壞引發的，但惡鬥讓人學會明哲保身不敢說真話，士風消失，黃巾之亂趁機而起，斷送東漢氣數；新舊黨爭各自呼朋引伴，宦官因而參政，政治大壞，金人南侵，內憂外患，宋朝覆滅；東林黨政爭帶來的後患更慘，明思宗崇禎最後將魏忠賢等人懲治，仍阻止不了大勢已去，清兵終於入關滅了明朝。

從歷史的軌跡凝視，國家消亡的理由都非列強外患，而是內憂，病兆纏身提供了可乘之機。

長城裡的祕密

長城是戰爭的產物，表面上是防禦工事，想避開戰端，實際上就是戰爭，為了抵擋塞北游牧部落聯盟的侵襲，東西綿延長達六千多公里，加上自然天險，合計有八千八百多公里，又稱萬里長城，始建於十四世紀的明長城，西起嘉峪關，東至虎山長城，遺址跨越北京、天津、青海、山東、內蒙，它是自人類文明以來最巨大的單一建築物，以及修繕時間持續最久的建築物。

歷代歷朝統治者徵調的民伕加總起來可以超過千百萬人，在冷清孤寂的環境中艱苦勞動，往生者難以估算，古人留詩：「嬴政馭四海，北築萬里城。民命半為土，白

骨亂縱橫。」形容當年構築時的慘況，工人活在戰事的夾縫之中，進犯、防守，防守、進犯，根本不必戰爭，單單為了防止戰爭而建的工事，就不知死傷多少人了？它的荼毒甚至超過戰爭本身。

赤壁大戰是三國時代最著名的戰役之一，估計劉備五萬人參戰，曹營廿五萬人，加上孫權兵馬，劉備的「火攻連環計」，讓曹軍屍橫遍野，如以史料預估，曹軍死傷過半，那就是十三萬人了，加上劉孫兩軍，這場戰役大約有二十萬人死傷在戰場上，血流成河當非虛假。

一條河被血染成紅色，我真沒見過，但想起來確實很恐怖的。

南京大屠殺據說如是悲涼，我早年到大陸講座時，親耳聽見友人的姑姑說，血流成河的慘狀，他家是受害者，見證日本侵華史上最慘無人道的屠殺，持續六周，受難人數約有二十萬至三十萬之多。

我無意挑動沉寂在史冊裡的事，但想說明，戰爭是必須付出慘烈代價的，這些年世界並不平靜，狼煙四起，瀕臨戰爭邊緣，但非要一戰嗎？是國家主義？還是私心作祟？一再挑動，鋒火再度連天並非完全不可能了。

可是戰爭啊！往往只是野心家讓一群無辜者犧牲的瘋狂遊戲，歷史證明，戰爭是可怕的，越戰歸來美國軍人，終生囚禁在槍林彈雨的惡夢之中，惶惶不可終日，草木皆兵，有些人因而自殺，有些則殺了人，上演著永不止息的悲劇。

戰爭有時候還會引來報復，恐怖攻擊是另一種形式的戰爭，九一一事件驚爆的震撼和傷痛猶不遠矣。

我的確很怕戰爭，不止藏了白髮人送黑髮人的惆悵，戰爭裡最不值錢就是人命了，一紙命令，一堆人獻身，有如古代殉葬？

歷史是自然轉動的有機體

歷史是一種輪迴，有一條軌道，裝上滾輪，輾壓出宋元明清，但人民關心生活，政客卻關心權力。

自古以來，中國未必都是「一」個國家，戰國有七雄，秦朝滅了六個國家才取得統一地位的，五代有十國，魏晉南北朝，三國時代，宋遼西夏分治，在在顯示分分合合是常態。

分也好，合也罷，戰事中淒楚難免。

唐之後是宋，這是我們被教育的，但是事實上當時與大宋分庭抗禮的還有大遼與西夏兩個王朝，他們的國力並不遜於當時的大宋，甚至有過之。

李元昊是西夏的創立者，繼位後，除掉唐、宋的賜姓，改姓「嵬名」，自號「兀卒」（青天子），實行變髮式、定服飾、造文字、簡禮儀、立官制等一系列改革，並升興州為興慶府，擴建宮城，建國稱帝，國號大夏，史稱西夏。

西夏是一個佛教王國，興建大量的佛塔與佛寺，以承天寺塔最有名，因為崇尚儒學漢法，吸納許多漢臣，造出舉世聞名的西夏文字。

另一邊則是由契丹人建立的大遼，它是中國歷史上由契丹人建立的第一個封建王朝，國祚從公元九一六年至一一二五年，長達二百一十年，全盛時期疆域東到日本海，西至阿爾泰山，北到額爾古納河、大興安嶺一帶，南到河北省南部的白溝河。

契丹族本是遊牧民族，遼朝皇帝使農牧業共同發展繁榮，各得其所，建立獨特的、比較完整的管理體制。

遼朝吸收當時的小國渤海國、五代、北宋、西夏及西域各國的文化，積極促進遼朝政治、經濟和文化各個方面發展，軍事力量強大，影響力涵蓋西域地區，唐朝滅亡後，中亞、西亞與東歐等地區更將遼朝（契丹）視為中國的代表稱謂。

國家積弱不振時，戰爭便是非常簡便的併吞方式了，滅掉西夏的卻不是宋，而是蒙古，滅宋的也不是遼，而是元朝（蒙古），應驗了螳螂捕蟬，黃雀在後。

法國作家伏爾泰這樣評述歷史，說它藏了「令人生厭」的悲劇；它也是一面鏡子，反射出教訓，是一本教科書，教人不要屢屢重蹈覆轍。

如果有一天你涉足政治，請成為「設防者」，防止悲劇的歷史一再重演！

「練武之人，最服人之處，不是武術高強，而是迫人於無形的氣度！」

這是電影《葉問》裡一句對白。

氣度不是歷史，但可以幫我們看見歷史，如果更有氣度，很多歷史上的輪迴裡的悲劇是可以避免的？包括戰爭。

私房話

會思想比起會閱讀，可能要重要得多。

——愛因斯坦

第21封信

權力

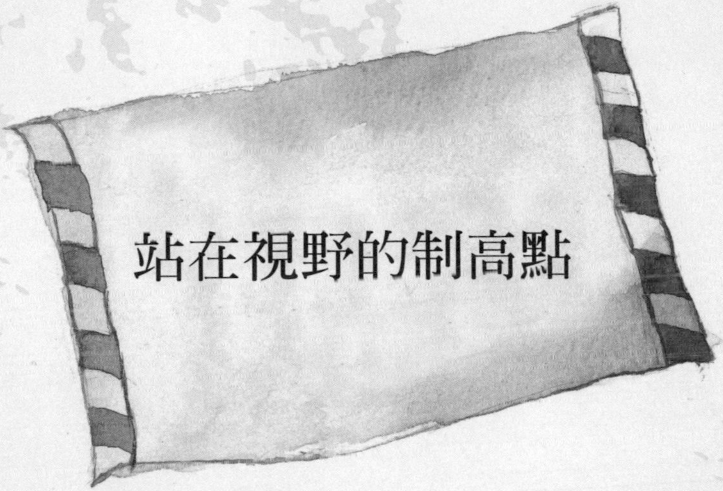

站在視野的制高點

請先想想，如果有了權力，你會站在哪個位置？

「權力導致腐敗，絕對的權力導致絕對的腐敗！」這是亞頓的格言，非常接近事實。

「高瞻遠矚，提供人民瑰麗願景，並且孜孜不息的賣力向前。」一度是有權者初掌權力時的使命感，但是多半禁不起權力腐化人心的高速摧殘；只是權力如水，很容易擁有，也很容易失去，它能載舟，也能覆舟，不可不慎。

腐化這件事沒隔幾年就會發生，權力容易蒙蔽雙眼，養尊處優的結果是不知民間疾苦，吏治敗壞，向窮人苛稅，加上天災連年，革命便容易發生了，陳勝吳廣如是，綠林兵亦如是，黃巾、黃巢、紅巾，高迎祥、李自忠、張獻忠，它是魔咒，但繫鈴解鈴相隔只有一線。

《動物農莊》不像一部小說，反而更像諷刺意味十足的政治寓言，豐富、深刻、淺顯的文字內容，被公認為二十世紀最傑出的作品之一，作者巧妙用豬老少校的遺言來說明「人類剝削牲畜，牲畜須革命」，若干年後農場裡掀起了一場由豬領導的革命，趕走剝削者——農場主人，牲畜們「當家作主」，但革命甘美果實並未嘗得太久，豬領導便分裂了，權力使豬腐化，最終牠們竟與當初被趕走的人類完全一樣，成了剝削者。

夏志清教授認為：「西方文學自《伊索寓言》以來，歷代都有以動物為主的童話和寓言，但對二十世紀後期的讀者來說，此類作品中沒有比《動物莊園》更中肯地道出當今人類的處境了。」

作者歐威爾的思考一直沒有過時，權力確實是一樣迷人的「壞東西」。

為民著想的權力者

但是有權力者且做得好的其實也不乏其人，最值得學習的是：「文景之治」與「貞觀之治」！

漢文帝劉桓廢「連坐」，不誅連九族；除「肉刑」，不必在犯人臉上刺字。「與民休息」是他的德政，意思是說避免戰爭，注重生產，減輕人民負擔，讓社會逐漸安定下來。

漢景帝繼續執行文帝的政策，把農業看成「天下之本」，與漢文帝一樣，親自下地種田。

根據史冊記載，當時國庫裡的錢多得數不清，導致穿錢之繩都快爛了也用不上，糧倉的糧食充盈完全吃不完，史稱「文景之治」。

魔法是：站在人民這一邊，善哉啊，漢代的文景兩帝。

唐太宗李世民的貞觀之治，政治清明，善於用人，廣聽民意，是他的法寶，因而成就魏徵這位敢直言的「諍臣」，太宗的一面鏡子。

唐太宗懂得「傾聽」這門藝術，說不如聽，聽見了，那就做吧。

愈柔軟愈有力量！那是老子的見解：「上善若水」。

聽什麼？「民隱」是重點，但不止真心聽，還得想，最後克服萬難的做，如孟子所言：「雖千萬人吾往矣！」

為民做些貼心的事

我家務農，爸爸一大清早摸黑從竹筍園採下的筍子，批發價才四元，市場售價卻是六十四元，價差六十元是菜蟲的剝屑，農夫都知道，但政府不知道；四十年前我到南山部落打工，聽他們說：菜怎麼賣出去？四十年後我載著滿車的童書繪本回到部落，送給孩子們閱讀，他們還是說：菜怎麼賣出去啊？事實上菜早賣出去，但我聽懂話中的話耶，他們想問的是，怎樣賣出好價錢吧？

農夫辛苦耕作，只有一個願望吧！希望政府用心鋪設一條「利潤大道」，讓他們安心守著僅有的那座青綠的園子。

「剝屑」是農人之苦，權力者有必要替人民斬斷這條不公平的利益鎖鏈。

住者有其屋本是美好願景，但卻是「居住不正義」的來源，權力者真的不明白合理房價應是所得比的三至五倍嗎？超過五，達到七倍，應該就「居有點吃力」了，七至十倍是「嚴重負擔」，但台北是十五倍，新北市是十三倍，表示「瀕臨瘋狂」；倍數指的「不吃不喝」，十五倍就是十五年，事實上，情形可能更嚴重，已達「房價腦溢血」的程度了，不吃不喝啊，意謂著買房之後會變成牛，認命工作，否則付不出房貸，房子將被抵押拍賣了。

二萬元與二千萬元你看得出玄機嗎？我來解答！

受薪階級從薪水中按月能省下兩萬元算很厲害，二千萬元的房價是一千個月的儲蓄，逾八十年，如果還不明白，我再來說明，等同終生演「夸父」，去追一顆永遠追不著的太陽，之後渴死。

你也可以叫它「奴隸」，無論學歷多高都只能服侍大財閥，空屋高達一百五十六萬戶的台灣，房價憑什麼高居不下？

我建議到新加坡考察國宅政策即可，他們的平價屋由政府主導分配，人人買得起，人生就不會只有賣命工作換一間只合適遮風避雨的房子一途了。

教育是國家大計，百年方略，好好想想吧，傳統是「大人主義」，不考慮孩子的性向、興趣，分數在哪兒，就去哪兒！優質的教育是「孩子主義」，讓他們恣意揮灑自己的天空。

這些年偶爾一個不經意就會聽見「廢校」兩字，表示又有一間偏遠的小校，可能即將消失了！！

理由很笨！節省資源浪費，指的是太少學生無利潤可圖嗎？作育英才，有教無類，可能是假的嗎？萬一學校廢了，很多山地的孩子得摸黑上學，摸黑返家，你有權力之前請先想想，教育到底是一個太少，還是一個都不能少的希望工程？

如果有一天你當上權力者，請別續做這種蠢事。

「關說」是權力者一定會碰上的棘手事，請擋住風險，否則會陷入父子騎驢的困境，施政本來就是兩面刃，壞人討厭，好人才會開心，但千萬別做到好人壞人都討厭；討好壞人，無異是提供了犯罪溫床。

權力者最不該有的是傲慢，以為自己什麼都懂，事實上那叫「超人」，只懂內褲外穿，獨木本來就難支大廈，必須糾集一些用心同德的夥伴，一塊樹立政府的威信，找出對的方向。

權力如同太陽浮沉，沒有人是永遠的權力者，如果有一天你能站上高位，請展現你的高度，少一點算計，多一點「真心」，這樣陽光會很自然的從窗外樹枝的縫隙裡篩了進來。

「我們並不缺乏發言人，但缺乏執行者。」

這是我對權力者的偏見，你來當第一個有魄力的實踐者吧。

私房話

孚眾望，必須具備「以民為師」的氣度。

九歌文庫1172

給未來思想家的21封信

作者　游乾桂
繪者　Yumi You
責任編輯　鍾欣純
創辦人　蔡文甫
發行人　蔡澤玉
出版　九歌出版有限公司
臺北市105八德路3段12巷57弄40號
電話／02-25776564・傳真／02-25789205
郵政劃撥／0112295-1
九歌文學網　www.chiuko.com.tw
印刷　晨捷印製股份有限公司
法律顧問　龍躍天律師・蕭雄淋律師・董安丹律師
初版　2014年10月
初版 7 印　2018年 7 月
定價　300元

書號　F1172
ISBN　978-957-444-963-7
（缺頁、破損或裝訂錯誤，請寄回本公司更換）

國家圖書館出版品預行編目資料

給未來思想家的21封信／游乾桂著；
Yumi You圖. -- 初版. -- 臺北市：
九歌，民103.10

面；　公分. --（九歌文庫；1172）

ISBN 978-957-444-963-7（平裝）

855　　103017474